浙江省普通高校"十三五"新形态教材

浙江省2018年重点出版物出版计划

2019年度浙江省社科联人文社科出版资助项目(19WT09)

U0744037

文学与性别
——中西文学中的女人和男人

程丽蓉 著

浙江工商大学出版社 杭州

ZHEJIANG GONGSHANG UNIVERSITY PRESS

图书在版编目(CIP)数据

文学与性别:中西文学中的女人和男人 / 程丽蓉著.
—杭州:浙江工商大学出版社,2019.6
(网络化人文丛书 / 蒋承勇主编)
ISBN 978-7-5178-3303-1

Ⅰ.①文… Ⅱ.①程… Ⅲ.①妇女文学—比较文学—
文学研究—中国、西方国家 Ⅳ.①I0-03

中国版本图书馆 CIP 数据核字(2019)第 129197 号

文学与性别——中西文学中的女人和男人
程丽蓉 著

出 品 人	鲍观明
责任编辑	任晓燕
封面设计	林朦朦
责任印制	包建辉
出版发行	浙江工商大学出版社
	(杭州市教工路 198 号 邮政编码 310012)
	(E-mail:zjgsupress@163.com)
	(网址:http://www.zjgsupress.com)
	电话:0571-88904980,88831806(传真)
排 版	杭州朝曦图文设计有限公司
印 刷	杭州宏雅印刷有限公司
开 本	787mm×960mm 1/32
印 张	5.25
字 数	81 千
版 印 次	2019 年 6 月第 1 版 2019 年 6 月第 1 次印刷
书 号	ISBN 978-7-5178-3303-1
定 价	28.00 元

总　序

从普及人文知识，提升大学生和社会公众人文素养的宗旨出发，我们精心策划编写了这套"文字—视频—音频"三位一体的"网络化人文丛书"。其定位是：人文类普及读物，兼顾知识性、学术性、通俗性；既可作为大学人文通识课教材，又可作为社会公众的普及读物。

移动网络时代，"屏读"逐步改变着人们的阅读方式，传统的"纸读"在人们的阅读生活中有日渐淡出之势。常常有人称"屏读"为肤浅的"碎片化"阅读，缺乏知识掌握的系统性和文本理解的深度，因此，我对此种阅读方式表示忧虑。

我以为，我们应该倡导有深度和系统性的阅读——主要指传统的"纸读"，但是，对所谓"碎片化"的阅读，也不必一味地批评与指责。这不仅是因为"屏读"依托于网络新技术因而有其不可抗拒性，还因为事实上这种阅读方式也未必都是毫无益处甚至是负面的，关键是网络时代人们的心境已然不再有田园牧歌式的宁静与悠然，而是追求单位时间内阅读的快捷性和有效性，这符合快节奏时代人们对行为高效率的心理诉求。我们没有理由在强调不放弃传统阅读方式的同时，非得完全拒斥移动网络时代新的阅读方式，而应该因势利导，为新的阅读方式提供更优质的阅读资源和更多元化的阅读渠道。

基于此种理念，这套"网络化人文丛书"力求传统与现代、人文与技术的融合，通过二维码技术使"纸读"与"屏读"（视频、音频）立体呈现，文字、视频和音频"三位一体"，版式新颖；书稿内容力求少而精，有人文意蕴，行文深入浅出、雅俗共赏，在一般性知识介绍与阐释的基础上有学术的引领和提升；语言简洁、明了、流畅，可读性强，既不采用教材语言，也不采用学术著作语言，力图让其成为网络时代新的阅读期待视野下大学生和社会公众喜闻乐见的人文类普及性读物。

我们坚信，这样的写作与编辑理念是与时代精神及大众阅读心理相契合的。不知诸君以为如何？

蒋承勇

2018 年 8 月

目 录

引　言　文学塑造性别

中外文学世界瑰丽缤纷，我们这本小书所撷取的，只是从性别这个棱镜里观察体会到的那一小束，不过，一叶一菩提，一沙一世界，从中或亦可领悟到深度的人性。

性别是身份的核心部分，是社会主体的显现。对性别的认识有很多很多，各个学科都有研究观察之道，各个时代也有不同的观念、理论。近百年来，随着世界女权运动的发展和女性主义思潮的风起云涌，性别成为备受瞩目的话题之一，既有对性别形成过程的描述，也有对作为实践结果的性别形象的分析，与其他社会思潮结合在一起的各色性别理论纷纷登场。

在西蒙娜·德·波伏娃揭示出"女性不是天生的，而是形成的"这一秘密之前，性别常常被看作整体的、固定的，性别只分男/女，男人/女人似乎天生如此。"二战"前后性别形象和社会角色定位的巨大差异,使得人们对"天经地义"的男人/女人性别形象和社会角色产生了严重质疑,加之西方社会各种后现代主义颠覆性哲学思潮的影响,人们更加清楚地意识到,性别是建构性的、过程性的,是各种社会历史文化因素共同作用的结果;性别也是流动的语言范畴,也就是说,性别是由语言塑造的,是在特定语境之下按照某种意识形态和意图塑造出来的,其中包含着深刻的权力关系。特别是西方社会经历了二十世纪六十年代的性解放思潮之后,越来越多人认识到,性别不仅仅只有男/女,性别关系也不仅仅只有男人/女人的关系,到八九十年代酷儿理论(为少数性/性别人群争取权力的性别理论)、性别研究兴起,更加注重平等地对待所有的性与性别问题和关系,并将性/性别问题与更广泛的社会边缘人群关怀结合在一起,揭示权力关系和意识形态对各种处于弱势(包括相对弱势)的人群的压迫及处于弱势(包括相对弱势)的人群的抗争。如此,有关性/性别的话语表达就具有了更多的隐喻和象征寓意,而不仅仅是其语言表层意义。这是我们在阅读二十世纪六十年代以来的有关性别的书籍时特别要注意的问题。

　　要读懂有关性别问题的书籍,首先要弄清楚

以下几组概念。

生理性别（sex）：指的是根据性染色体组合情况而划分的性别，主要是男（XY组合）/女（XX组合），但也有其他的染色体组合方式，这就形成了男/女性别之外的其他生理性别。

社会性别（gender）：指的是在生理性别的基础上，由社会、历史、文化、家庭等因素影响而建构起来的性别认识，是人们思想观念层面的存在物，是变动的，而非固定不变的。

性别气质（sexuality）：气质是指人相对稳定的个性特点、风格及气度，气质的特点是通过人与人之间的互相交往而显示出来的。一般分为男性气质和女性气质。男性气质（masculinity），亦称"男性特质""男性气概""男人味"；女性气质（femininity），又称为"女性特质""女人味"。

对性别气质的研究可以追溯到二十世纪初期出现的性别角色理论（sex role theory），二十世纪中叶的女性主义第二次浪潮对这个问题的研究非常集中，后来将其广泛运用到消费文化中，形成具有示范效应的关于男人之所以为男人、女人之所以为女人的一系列特质的描述。从女性主义的角度看，男性气质和女性气质是男权制社会文化创造的反映男/女性身份和地位的话语，不同时代的社会文化背景,创造不同文化语义的男/女性气质文化。

男权制思想的根本点在于把男尊女卑的性别秩序当作天生如此、普遍存在、亘古不变的。在男权社会里,无论是在政治、经济、法律、宗教、教育、军事领域,还是在家庭领域中,男性占有统治地位;以男性的标准评价一切,包括评价女性,而不是相反。核心文化观念中的正面价值总是同男性、男性气质联系在一起,而不是女性;社会上常见的文化意识形态和信息总是将女性摆在次等地位,贬低女性的角色;在社会家庭和个人事务中,总是将女性客体化,也就是把女性当作被动的、受支配的对象,不能自我主宰。李银河在其《女性主义》一书中指出男权制更深层地体现在其男权思维上,其中包括两分思维,即非此即彼的思考方式,将所有的事物分为黑白两极,忽略中间状态。在男权制社会和男权思维的左右下,男性气质和男性形象往往与女性气质和女性形象相互对立而存在。在二十世纪之前的传统文学作品中,性别形象只有男人/女人和男性气质形象/女性气质形象。经过长期的文化积淀,这种性别形象几乎成为一种性别刻板印象。

而女性主义却认为,男尊女卑的性别秩序是由社会和文化人为地建构起来的,是男权制度文

化造成了女性的"第二性"地位，而不是天然如此，因而这种男尊女卑的性别秩序既不是普遍存在的，也不是永不改变的。自十九世纪以来，女性主义理论繁荣发展，且因各国、各时代的社会文化背景差异而纷繁复杂，但归根结底，女性主义的宗旨就是一句话：在全人类实现男女平等。在不同的年代和不同的文化当中，男性也受压迫，但他们是由于属于某个阶级或阶层而受压迫，而不是由于是男性而受压迫。女性则不同，她们仅仅因为身为女性就受到压迫。由男性塑造的社会将女性视为低下者，女性只能通过挑战和改变男性的高等地位的途径来改变自身的低下地位。历史上有许多向统治集团挑战的革命，但是只有女性主义是向男权制本身挑战的。（李银河：《女性主义》）

绝大多数的女性主义理论派别并不像激进的自由主义女性主义那样，把颠覆现有性别秩序、建构女性主导的性别秩序当成目标，而是更期盼性/性别的多元性得到尊重，不同的性/性别取向和气质都能得到价值肯定，期盼社会能以更为宽容、民主的方式及态度承认和对待人类自身的多样性。

西蒙娜·德·波伏娃的《第二性》被称为"女性主义的圣经"，是二十世纪有重大意义和影响的女性主义理论文本。波伏娃雄辩地指出，妇女受压迫源于她的他者性质。妇女是他者，因为她不是男人。男人是自由的、自我决定的存在，他给自己的存在定义；而妇女是他者、对象，她作为对象的意义是被决定的。如果妇女要成为自我、主体，她必须像男人一样超越所有那些限定她存在的定义、标签和本质。她必须努力使自己成为她所希望成为的任何人。后来的后现代女性主义者更肯定"他者性"对于妇女的意义，即由于与那些被排斥、被拒绝、被抛弃和边缘化的事物相联系，他者性就有其自身的优越性——它承认变化和差异，因而女性不是单一固定的自我，而是自由的精神。

当然，事实上，不仅女性不是单一固定的，而且，正如前文已述及的，性别本身就是建构性的、过程性的，既是各种社会历史文化因素共同作用的结果，也是特定语境和意识形态下由语言所塑造出来的。

这本小书无意于细论女性主义理论和性别理论，而是欲以女性主义性别理论为基础和背景，以性别为棱镜，品鉴中外名著中男人/女人性别形象以及性别关系的形成和塑造，从一个侧面深入地理解人性之丰富与复杂，摒弃对于性别问题的偏见与误解，更宽容而平和地对待人类自身的多样性选择。

1 古典性别典范

　　所谓性别典范绝不是一成不变的固定模式，不同的历史时代、不同的国家民族都有自己不同的性别典范。不过，有一点却是跨越时空而相通的，那就是对美、爱、真、善的高度肯定和推崇。需要注意的是，这是文学世界，与真实的现实世界是有区别的，特别是不能简单地以当今现实世界的伦理道德去评判那个时代、那个民族文学世界的善恶美丑。

1.1 美人英雄：《伊利亚特》与《三国演义》之"吕布戏貂蝉"

　　美人英雄的故事总是与倾国倾城相关，女性之美在纤柔的身躯、姣好的容颜与顾盼生辉的情态，男性之美在强健的体魄、高超的技艺与英武潇洒的神态。男人为争夺女人、财富和权力而战，女人则因美貌而陷于无妄之灾，在这种争夺之中沦为无法自我主宰的对象，她的其他品质被遮蔽起来，或者说她的其他品质被赋予的价值远不及其美貌的价值。这正是中西古典文学中最典型的美人与英雄传奇的实质，也是人类早期社会性别分工和性别价值取向的反映。风云变幻，群雄逐鹿，英雄崛起，烈马嘶鸣，海伦与貂蝉就是在这样的铁血时代，在充满男性荷尔蒙的氛围里的那熔钢化铁的绕指柔。在男性英雄的盔甲利剑、雄性争斗的漫天烟尘里，海伦与帕里斯、貂蝉与吕布这样典型的美人英雄传奇显露出一丝历史的温情和人性的微光。同时，美人英雄的文学传奇也造成了人类文明史上影响最深远的一类性别歧视神话，那就是"红颜祸水"。

美，是女人之价值所在，也是其悲剧之根。古希腊的海伦如此，三国时的貂蝉也如此。

荷马史诗《伊利亚特》造就了阿喀琉斯、阿伽门农、赫克托耳、帕里斯、奥德修斯等大批英雄豪杰，却只塑造了一个倾国倾城的女人——海伦。

海伦之美是倾国倾城之美，难以用语言形容。荷马深谙语言的局限与想象的无限，直接书写的内容只触及海伦"白皙的手臂""飘飘的长袍""闪闪发光的面纱"，如此而已，更多的则着眼于旁人观美人的反应，从侧面描画其美之惊世骇俗、夺人

心魄，让读者浮想联翩。

海伦初次出场的时机极为特别，不似一般文学作品里的设定，并非在她情窦初开少女翩跹之时，也不是在她与帕里斯相遇、电光石火激情迸发的时刻，更不是在她背弃故国、与情郎私奔出逃的张皇时刻，而是在她随帕里斯来到特洛伊城的第十个年头——两军交战的前沿。

"她发现海伦正在大厅里织一件双幅的紫色布料，上面有驯马的特洛亚（伊）人和身披铜甲的阿开奥斯人的战斗图形，那都是他们为了她作战遭受的痛苦经历。"透过前来报信的女神伊里斯之眼，我们第一次见到了海伦，整个画面极其宁静，这宁静里却静静流淌着海伦内心的悲伤与哀痛。紫色染织物在当时昂贵珍稀，只有王室阶层的人才用得起，衬托着这个"女人中的女神"的高贵；布料上的图样，恰是因她而起且此时此刻正在城外如火如荼进行着的战争的图景。这场战争，她是最重大的关系人，却也是记录者。

伊里斯捎来紧急讯息——她前后两任丈夫马上要进行一场决斗，此刻海伦"心里甜蜜地怀念她的前夫、她的祖城和她的父母"，她以一方白巾遮头，流着泪走上城墙望楼。那天兵临城下，特洛伊的王公大臣与诸位元老在城楼观战，为战争的旷日持久、损失惨重而抱怨纷纷。正在此时,海伦沿着城墙走过来了! 如果对于一般人,众人的怨怒该是借机向她喷涌而去,但对于海伦,却是别样。此时的海伦,沦于旋涡的中心,一方是新欢,是挚爱,一方是前夫,是故国。放眼望去,城外千军万马严阵以待,海伦内心不由百感交集,万念纷驰。双方在为她对决,刀光剑影,血流成河,可有谁真正关心她内心的矛盾与痛楚,有谁体谅她难言的苦衷? 海伦屹立城头,目光穿越堑壕,穿越旌旗,穿越大海,流露出令日月蒙尘的大悲悯、大哀恸。正是这种泣血的战栗、无语的苍凉、伤心的迷惘,为她的华颜平添了一抹圣洁,那些王侯、元老见到她时,惊为天人,目瞪口呆。半晌,才有人迸出一声感叹:"天啊,为了这样一位永生的女神,特洛伊人和希腊人再打上十年也值得!"希腊与特洛伊的十年之战才配衬托起海伦的惊世之美,古今中西,为一位女子不惜战争十年,舍海伦无谁矣! 当然,文学创造的是另一世界美的极致,现实世界里群雄争霸为的更多的是争权夺利而已,荷马的浪漫精神真是登峰造极。

　　交战的双方,分别是以海伦前夫为代表的希腊和以海伦现任丈夫帕里斯为代表的特洛伊。这场围绕海伦的厮杀,整整持续了十年。混战中涌

现出无数英雄。其中最重要者,在特洛伊一方,是赫克托耳——他是国王的长子,帕里斯的哥哥,宙斯钟爱的盖世豪杰;在希腊一方,则是阿喀琉斯——他是海洋女神忒提斯和希腊勇士珀琉斯之子。《伊利亚特》主线就是阿喀琉斯的愤怒。阿喀琉斯是神之英雄,而这里更想谈的是凡人之英雄——赫克托耳。

特洛伊保卫战的核心统帅——王子赫克托耳,虽只是凡人之子,威武却不输神之子,"犹如凶煞星忽然从浓云里呈现出来,/光亮闪烁,忽而又隐进昏暗的云层里;/赫克托耳也这样一会儿出现在队伍的最前列,/一会儿又隐进队伍的后列里,向他们训令。/他一身铜装,犹如提大盾的父神宙斯的闪电……"他刚强英武,勇敢无畏,总是"闪亮的""高大的",他忠心赤胆,智勇双全,生命不息,战斗不止。他带领特洛伊军队数次击退希腊联军,令希腊士兵胆寒不已。阿喀琉斯的亲密伙伴、驾着神驹的帕特洛克罗斯披戴着阿喀琉斯的铠甲代替他作战,被赫克托耳杀死,阿喀琉斯的铠甲也成了他的战利品,这再次激怒了阿喀琉斯,他愤而再次参战。决战时刻,赫克托耳披上了阿喀琉斯的旧铠甲,而阿喀琉斯则披戴上女神母亲为其亲自到火与锻造之神赫菲斯托斯那儿求来的一副近乎完美的盔甲。激战中，双方僵持不下，赫克托耳被阿喀琉斯追逼着绕城三圈，他试图寻机回击。关键时刻，雅典娜化作赫克托耳的兄弟，引诱赫克托耳与刀枪不入的阿喀琉斯决战，甚至还将阿喀琉斯抛出的失准的矛又拔起来，还给阿喀琉斯，神的干预使得英雄的赫克托耳失却了最后的决胜机会。熟知铠甲弱点的阿喀琉斯用矛尖戳破了赫克托耳的喉咙，并冷酷拒绝了赫克托耳的恳求，将他的尸体绑在战车后面拖着，回到希腊阵营。老国王深夜乔装入联军阵营，讨得儿子尸骨后返回特洛伊，九天的深切哀悼之后，第十天方才举行火焚葬礼。举国人民和海伦都在祭奠这位真正的特洛伊英雄。Honor the gods，love your women，and defend your country！（敬奉自己的神明，热爱自己的女人，保卫自己的祖国！）这位伟大的凡人英雄为自己肩负的责任义无反顾，勇敢无畏而又铁血柔情，重情重义，冷静缜密而又沉着果断，对国家覆灭和个人阵亡的命运清醒无比却毫不退缩，勇往直前，他光辉的形象闪耀在荷马史诗上，永不褪色，他无疑是人类英雄的典范。

从男人的一面看，十年特洛伊之战是神人英雄的荣誉之战、勇气之战、友谊之战；但从女人的一面看，十年特洛伊之战是美神之战、嫉妒之战、

女人的怒火之战。三个女神争夺金苹果，是为了获得"最美"之名，而三个女神之所以起争端，是因为珀琉斯夫妇的婚宴遗漏了一个重要的女神——管辖纠纷与灾祸的女神厄里斯。厄里斯觉得受到了冒犯，愤怒地设下金苹果之局。她从赫斯佩里得斯果园采了一只金苹果，在上面刻下"καλλίστη" [kallistē(i)/kallisti]（意思是"献给最美丽的女神"）的字样，并悄悄扔在宴会上，引得在场神级最高，同时也是最为美艳的三个女神，即众神之母赫拉（Hera）、智慧女神雅典娜（Athena）和爱神兼美神阿佛洛狄忒（Aphrodite）为了抢夺这个金苹果而争论不休，求宙斯评判，而宙斯则让凡间最俊秀的人——帕里斯来评判。此时，帕里斯还在特洛伊城附近的艾达山上牧羊。三个女神都对他许诺以诱惑他将金苹果判给自己。天后赫拉许给他权力——统治世界上最富有的国家；智慧女神雅典娜许给他智慧——让他成为最有智慧的人；而爱神阿佛洛狄忒则许给他女人——天下最美丽的女人。最终帕里斯选择了美女，把金苹果给了阿佛洛狄忒，这使赫拉和雅典娜非常恼怒，发誓要向他、他的父亲和所有的特洛伊人报复，并决心要毁掉特洛伊城。这才牵连了帕里斯和海伦，牵出了连绵不绝的战争。

由此可见,从《伊利亚特》战争的整体设置来看,荷马高度推崇女性的力量,在神界,女性是主宰,在人间,虽然海伦备受痛苦,但她仍然是人间男性英雄们为之苦苦战斗的源起。由此,我们就不难理解为何荷马那么偏爱海伦了。他绝没有中国性别文化中"红颜祸水"的性别偏见,而是将战争视为女神的捉弄、女神的游戏,即便是神,女神也如孩童一般任性,因人性的初心——爱美之心而赌气发怒。不得不叹,荷马最是怜香惜玉的诗人啊,他以神的游戏为海伦免罪免责,又以海伦的痛苦自责与她悲伤的圣洁俘获众人和读者的同情怜惜之心,不仅备受战争煎熬的长老们体谅海伦,就连赫克托耳这样伟岸的英雄也总为她辩护,对她温情以待,甚至被海伦背弃的前夫斯巴达国王墨涅拉奥斯也始终没有憎恨斥骂她,特洛伊屠城时,他一看到她的脸就宽恕她了。因为海伦承载的不是一般美女所经历的凡尘男女私己伦常之事,而是神人之间毫不对等的一场注定结局的残酷游戏,海伦身上体现的是人类命运悲剧的悲壮之美。或许正因如此,荷马的笔触总是因海伦而变得温柔、爱怜,她出现的时候,时间会缓慢下来,话语声音也会降低,宝剑归鞘弩收弦,气氛变得纯净,愤怒暂息,只留下单纯的不幸和悲伤,充满人

性的温情。作为一个几千年前的男性盲诗人，荷马对女性的态度与对人性的悲悯真真让人感佩之至！

将目光从古希腊收回到三国时代，那也是英雄争霸美人出没的时代，不过，三国时期的中国女人们就远没有海伦那样幸运地被周围人和作者温情以待了。《三国演义》里英雄无数，而数得出的美人却不多，大乔、小乔、孙权之妹，最有名的莫过于貂蝉，即便如此，她们也只是作为男人权谋中的一粒棋子，在男人们权力斗争的棋局里被任意拨弄，甚至利用美貌主动配合男人们的权谋。

貂蝉，被称为中国古代四大美女之"闭月"。在《三国演义》中，貂蝉是司徒王允的侍女，后为其义女，二八年华，长得美艳动人，"宛若仙人"。王允利用貂蝉使美人计和连环计，让董卓与吕布这对义父子反目成仇，利用吕布对貂蝉的情欲之心激起他对董卓"父夺子妾"的仇恨以及他欲除奸雄以留名青史的虚荣心，进而除掉董卓这个劲敌。王允施计，离不开貂蝉的积极配合。当然，按正常情况，比起老年肥胖的董卓，年轻英俊又武艺高强的吕布可能才是貂蝉的心仪对象，吕布凤仪亭戏貂蝉应当是郎情妾意、你情我愿的一次情感交流。但是，由于《三国演义》的作者罗贯中太执着于把它写成"权谋英雄争霸"故事,连美人貂蝉也被塑造成一个虽容貌美艳却水性杨花、善弄权谋的心机女。在王允将她许与吕布之初,她就与吕布"以秋波送情";当吕布至董卓帐中探望时,她也"往来观觑,微露半面,以目送情",使得吕布"神魂飘荡";当吕布被董卓斥退时,她"于床后探半身望布,以手指心,又以手指董卓,挥泪不止","布心如碎"。可见,二人是情真意切,恨不得立即相拥。貂蝉激起了吕布强烈的自尊心和占有欲,吕布发誓:"今生不能以汝为妻,非英雄也!"然而,凤仪亭事发,貂蝉却瞬间变脸,假装无辜与被逼无奈,将责任完全推给吕布。加之王允居间煽风点火,吕布终于怒言"誓当杀此老贼",对"夺子之妾"的可耻义父"一戟直刺咽喉"。至此,美人计、连环计成,而更富于戏剧性的是,杀了董卓之后,吕布干的第一件事情就是"至郿坞,先取了貂蝉"。毛宗岗评《三国演义》,在此夹批言:"吕布心中只为此一事。"真确评也!英雄难过美人关,吕布为美色痴迷,即便貂蝉背叛过他,他也不因其德行有亏而厌弃她。

《三国演义》重在人物言行关系等外部表征,还没有成熟的心理描写,貂蝉的心理变化、抉择取舍,读者无从得知,从小说中其言行来看,她无疑

是个并不那么美好光明的角色，外表美艳而内心
狡诈，绝非圣女。然而，小说又将她的言行归结为
为了杀董卓、息战争、拯救苍生于水火而不惜献
身，她身份卑微，敬仰英雄，身为女子，却有男儿志
气，"倘有用妾之处，万死不辞"——其言豪迈不输
男子。这是否矛盾？事实上，两种形象都只不过
把貂蝉作为某种工具而不是一个真正的人来
看待。

再来看吕布。这个英雄杀董卓娶貂蝉果真只
因为他色迷心窍了吗？非也！其实，是因为吕布
与貂蝉同病相怜、惺惺相惜。他们同是卑微贫贱
出身而寄人篱下，为人所用而身不由己，为生存和
利益而不得不多次易主。在他们的生存规则里，
看重的不是忠义，而是如何更好地活下去，为此不
惜背叛出卖。"因为懂得，所以慈悲"，吕布更懂得
身处下层的貂蝉的不得已和委曲求全，也更容易
宽容和谅解她对自己的背叛和出卖，加上貂蝉美
艳如花，他对貂蝉有更多的爱怜。

吕布出身寒微，擅长骑射，膂力过人，凭勇武
而得封都亭侯，被誉为"飞将"，有"人中吕布，马中
赤兔"之说。吕布虎牢关大战三英，丝毫不落下
风，独斗曹操军六员骁将，稳操胜券，武艺三国第
一。不仅如此，吕布面如冠玉、气宇轩昂，身长一

丈,持方天画戟,骑赤兔马,戴紫金冠,可谓神勇英雄也。但这位英雄总是时运不济,不得不频频易主。陈寿评他"有虓虎之勇,而无英奇之略,轻狡反复,唯利是视。自古及今,未有若此不夷灭也",近人蔡东藩评他"始终误一贫字,安望有成",又加"被惑于妇人",后"见嫌于部将,虎为人缚,摇尾乞怜",最终难逃被杀的厄运。在他的身上,我们看不到半点忠诚,除了出卖就是出卖,他不仅杀害他的第一任主公丁原,还杀害他的干爹董卓。长安兵败之后,吕布先后投靠袁绍、张邈、刘备,最终在刘备处反客为主,占据徐州。占据徐州期间,吕布多次背信弃义,最终袭击刘备,导致刘备兵败投靠曹操,他自己也遭部下叛变,兵败被抓,向曹操求饶不成而被杀,最终命丧下邳。不同于赵云、关羽、张飞那样性格鲜明而选择稳定的忠义英雄,吕布被视作"背恩诛董卓,忘义杀丁原。倚仗英雄气,不从忠直言"(罗贯中:《三国演义》)的"三姓家奴",吕布非真英雄,不过"匹夫之雄耳"。

可见,《三国演义》所认可的真正的英雄并非只是外表英武或本领高强、勇猛善战,而是品行道德上忠义端直,如关云长的义薄云天,千里走单骑也要追随旧主,如赵子龙的于万千追兵之中舍命救幼主,如张飞的勇猛刚直,如诸葛孔明的鞠躬尽

瘁,死而后已,都是在超越他人的技艺与智慧之外而能守持忠义,这才是英雄之道。鉴于此,吕布便只能是中国英雄史上的一个"伪英雄",而忠勇兼备、见识高远的赵子龙才是真正的英雄典范。

1.2 贵妇骑士:"亚瑟王与圆桌骑士"之《高文爵士与绿衣骑士》《高文爵士与瑞格蕾尔小姐的婚礼》

男性形象典范之二无疑是骑士,这是西方文化传统所特有的,源自中世纪欧洲的骑士制度,其中形成的骑士精神成为西方上流社会的文化精神,直接影响到后来以英国为代表的绅士风范。

骑士本身是中小封建主。骑士身份的获得,是一名武士进入上层社会的标志,一般是世袭的。要获得这种贵族封号,必须要经过长期的服役,并且要通过一定的仪式:七八岁时,就按照自己出身的等级依次到高一级的封建主及其夫人身边当侍童;十四岁后,为随从,即见习骑士,接受专门的武士骑士训练;二十一岁时,通过严格的考试和隆重的仪式,才能正式取得骑士封号。作为贵族,骑士不得与平民交手。

骑士精神是以个人身份的优越感为基础的贵族道德与人格精神,以及西欧民族的尚武精神,崇尚八大美德：谦卑、诚实、怜悯、英勇、公正、牺牲、荣誉、精神。在西方的文化传统中，中世纪的骑士精神对现代欧洲民族性格的塑造起着极其重大的作用，构成了西欧民族性格中的绅士风范——注重个人身份和荣誉，讲究风度、礼节和外表举止，具有浪漫气质，恪守公平竞争原则，信守诺言，乐于助人，为理想和荣誉不惜自我牺牲。

骑士制度和骑士精神的文学反映与传承源远流长，其中，以凯尔特神话传说为基础形成的亚瑟王与圆桌骑士系列最为著名，影响最为深远，几乎是仅次于《圣经》的破解西方文学的密钥之一。关于亚瑟王的传说故事非常古老，流传版本很多。亚瑟王题材的散文罗曼史最早出现于十二世纪的法国，中古法语作品《兰斯洛特的圣杯》栩栩如生地讲述了亚瑟、圆桌骑士和圣杯的故事，在欧陆读者中享有盛誉。到了十五世纪，散文罗曼史在勃艮第风行一时。现在流行的版本有十五世纪英格兰的马洛礼的《亚瑟王之死》和斯旺·韦斯特的《亚瑟王与圆桌骑士》。

马洛礼写的《亚瑟王之死》是英语亚瑟王传奇中第一部用散文而非韵文写就的，也是亚瑟王传奇中最著名的作品之一。他笔下的骑士不再是个人至上的英雄豪杰，而是担负着社会道义的忠诚

骑士,寄托着他对骑士理想的向往。他借亚瑟王对圆桌骑士的训诫描述了心目中的骑士形象:永远不蛮横无理,永远不滥杀无辜,永远不背信弃义;为人不可残暴,要宽恕那些乞求宽恕的人;对贵妇、少女以及一切有身份的女人,都应该鼎力相助,否则将被处以极刑;任何人不得无视法律,不得为了世间财富与人争斗。尚义气、重然诺、见义勇为、慷慨大方、抑恶扬善、疾恶如仇、彬彬有礼,是骑士应有的特质。

亚瑟王与圆桌骑士传奇系列塑造了杰出的骑士群像,其中最著名者如兰斯洛特(Lancelot)、高文(Gawain)、杰兰特(Geraint)、加雷斯(Gareth)、加拉哈德(Galahad)、加赫利斯(Gaheris)、鲍斯(Bors)等等。《高文爵士与绿衣骑士》集中塑造了高文骑士的形象,是英语韵文体骑士文学的杰出代表。全诗共 2529 行,作者不详,创作于诺曼时期向新时代过渡的十四世纪。

高文是亚瑟王传奇中最伟大的英雄人物之一,他是亚瑟王的侄子,也是在亚瑟王传说早期就出现的圆桌骑士,是在寻找圣杯中立下汗马功劳的最伟大的几位骑士之一。他的名字又写作 Gwalchmei,意思是“五月之鹰”。在凯尔特的日历上,五月通常指夏季的开始,这意味着他是太阳神。在早期高文故事中,他是理想的、完美的骑士,总是被用来衡量其他骑士;但在法国的浪漫故事里,他又被描绘成残忍鲁莽而又奸诈的骑士,总是被其他骑士所排挤,甚至在马洛礼的书中,高文是个反面角色。不过,《高文爵士与绿衣骑士》中的高文最具影响力,得到西欧社会的普遍认同。

高文是亚瑟王手下圆桌骑士中最有风度的一个,被誉为象征勇气和骑士气概的模范,以彬彬有礼而著称。他身形高大,外表俊朗,是真正的"白马王子",他"胜过其他骑士,如同珍珠胜过白色豆粒",他骑术精湛,动如闪电,极度忠于他的国王和家庭,英勇、诚信而贞洁。他是年轻骑士们的朋友,贫穷者的守护者,以及"少女的骑士"(即女士的保护者)。作为太阳神,他的能力根据太阳变化而增强、减弱。

《高文爵士与绿衣骑士》没有把高文写成高大全的完美骑士,在将高文爵士塑造成一名勇敢、忠诚,追求荣誉的骑士的同时,也展现出他在面对生死抉择时渴望生存的人类本性。圣诞节之夜,亚瑟王在王宫举行宴会,一个绿衣骑士闯进来向圆桌骑士挑战:有谁敢当场砍下他的头,就让他一年后回敬一斧。高文接受挑战,砍下了绿衣骑士的头。转瞬间,绿衣骑士捡起自己的头颅离去。一

年后,高文去践约,来到一座城堡。城堡女主人趁丈夫外出狩猎,要尽花招引诱高文,高文都不为所动,但接受了她赠予的据说可以救命的绿腰带。高文找到了绿衣骑士的绿色教堂。绿衣骑士砍高文三斧,落空的两斧是对他两次不受女主人诱惑并如实交还所得之物的回报,第三斧则是对高文隐瞒女主人送他腰带一事的惩罚。高文返回亚瑟王宫廷,将自己的历险告诉众人,得到了骑士们的尊敬。

更有意思的是《高文爵士与瑞格蕾尔小姐的婚礼》。这个故事里与"死亡之斧"绿衣骑士打赌砍头的是微服外出的亚瑟王。绿衣骑士给亚瑟王免死的出路是找到一个问题的答案,那就是"女人最想要的东西是什么"。高文答应亚瑟王帮他找到答案。七天里,他们询问了路上遇见的各种女人,答案各有不同,分别是美貌、爱、智慧、孩子、富贵、冒险、真理。到了第七天,亚瑟王和高文回到"死亡之斧"的黑色城堡,遇到了一个叫"瑞格蕾尔"的极其丑陋的老妇人,她自称知道答案,但告诉他答案的条件是让一个圆桌骑士娶她为妻。高文不顾亚瑟王的劝阻,答应娶这"怪物"。回到宫廷,高文践约娶瑞格蕾尔,洞房之时,瑞格蕾尔要求高文吻她,高文想到自己的承诺,就吻了眼前丑陋的新娘,新娘立刻变成了美丽温柔的女子。瑞格蕾尔告诉高文自己被哥哥下了诅咒,他善良而宽容的吻解除了一半诅咒,她会有一半时间是美的,一半时间仍是恐怖样貌,她让高文选择,"如果白天的我是个怪物,你就会在世人眼前蒙羞。可是如果晚上的我是个怪物,你在自己的家中就会不快乐"。高文凝视着她的眼睛回答说:"决定权在你,不是在我。"瑞格蕾尔高兴地说:"你给了我女人最想要的东西,我的自主权。现在你已经完全破解掉诅咒了!"原来,瑞格蕾尔就是"死亡之斧"的妹妹,她的答案才是正确的。

正如高文爵士盾牌上的五星图案象征着他对完美骑士形象的追求,高文重信守诺,忠诚于君王、贵族女性和自己内心,英勇无畏而又善良宽厚。特别重要的是,与兰斯洛特对王后桂乃芬的情欲难扼相比,高文特别能够抵御情色诱惑,忠于骑士信条,他对妇女的爱护不是一般的保护和呵护,而是对女性自主权利的高度尊重。这使他真正赢得了瑞格蕾尔的爱情,也赢得了最高贵而完美骑士的荣誉。

我们会发现,在一般骑士文学中,贵族妇女的形象并不突出,仅仅只是作为骑士信条的试金石之一而存在,尽管如此,前述这两则高文骑士故事

仍然非常可贵地塑造出了贵族妇女的突出特征，她们美丽而又聪慧，大胆而又自信，积极主动争取自己的自由和自主，最终收获真正的爱情和幸福，成就了贵妇骑士的佳话。

时隔几百年，高文骑士的故事还一再被改编成各种小说、影视、游戏等大众传媒作品。其中，英国女作家艾丽斯·默多克的《绿衣骑士》不仅借鉴了中世纪故事的框架和人物关系结构，更汲取了长诗所蕴含的骑士精神，并加以异化处理，以此来观照其道德哲学中对"善"这一问题的思考。中世纪骑士需要通过考验，捍卫骑士的荣誉，以完善自我，在现代社会环境下，默多克笔下的人物则需要通过考验，获得内心的平静，追寻生命中的"善"。骑士精神及其对妇女的尊重不愧是中世纪流传下来的宝贵文化遗产。

1.3 淑女绅士：《傲慢与偏见》

英国社会学家和历史学家埃德蒙·柏克（Edmund Burke）在《法国革命论》中指出："在欧洲大陆的我们的这一隅，我们的举止风范，我们的文明和所有与举止风范文明相关的美好事物长久以来都依赖两大原则结合的结果。我指的是绅士精神和宗教精神。对此我们深信不疑。"英国绅士思想和价值信念在社会思想文化领域有着举足轻重的示范和引领作用。绅士也是从中世纪骑士精神发展演变而来的典范男性形象。

在传统英国社会,绅士既是权力集团的主要成员,又是上流社会精英文化的集中代表,因而当社会权力结构发生改变时,绅士的构成也会有所变化。"绅士"一词最早源自古法语,专指"出身古老世系的人",划分是否绅士的根本依据是其贵族血统与出身。传统意义上的绅士主要包括贵族、国教神职人员、上院议员和军官等。直至十七世纪,英国社会大致都沿用法国人评判绅士的标准。但在十七世纪中叶至十八世纪,随着资本主义的迅速发展,中产阶级经济地位的急剧上升,中产阶级的冒险精神和追求财富的热望为英国经济注入了强大的动力和活力,工业革命、对外贸易和全球殖民扩张都有赖于中产阶级的积极参与和推动。随之而来的是中产阶级渴望提升社会地位和身份,获得社会尊荣的共同愿望和普遍诉求,由此,"绅士"就成为中产阶级所渴慕的社会身份符号。

与中产阶级的积极上升态势形成鲜明对比的是,土地贵族阶层腐败堕落,滥用特权,肆意侵犯平民、穷人利益,骄奢淫逸之风大行其道,人民苦

不堪言。在这种背景下,十八世纪的中产阶级知识分子发起了对贵族的道德批判和挑战,两个阶级之间发生的激烈论战绵延至十九世纪,而编辑发行民间报纸杂志和发表出版小说成为其中重要的论战手段,著名者如斯梯尔、艾迪生等创办的《闲谈者》《旁观者》。爱德华·凯夫 1731 年创办的《绅士杂志》八年发行量就逾万册,"印证着那个群体的阅读需求及其背后骚动不休的攀升欲望和自我改善企图"(黄梅:《推敲"自我":小说在 18 世纪的英国》);而笛福的《鲁滨孙漂流记》,理查逊的《帕米拉》《克拉丽莎》《查尔斯·葛兰底森爵士》,菲尔丁的《汤姆·琼斯》《约瑟夫·安德鲁传》,萨克雷的《名利场》,狄更斯的《远大前程》等小说,其主题"乃是绅士身份(gentility)与美德的关系"(黄梅:《推敲"自我":小说在 18 世纪的英国》)。出于对世袭土地贵族骄横跋扈行为方式的不满,斯梯尔在《闲谈者》专栏特写中提出了他的绅士标准:"当我想象一位绅士的性情时,我想他应当坚定无畏,全无混乱的激情;内心充满温柔、激越、慈爱之心。当我考察一位优秀绅士的举止行为时,我想他应当谦逊而不造作,率直而不傲慢,殷勤乐助而不谄媚。"在这场论战中,以往以贵族的高贵血统为重的绅士标准转而为以高贵道德修养和行为方式为追求,推崇与颂扬克制、理性、自我牺牲、尊重女性等美德。

简·奥斯汀的《傲慢与偏见》算是赶上了这个论战浪潮的末班车,但对于这位长期偏处伦敦之外巴斯、南安普敦、乔登等小城的女作家来说,淑女绅士的爱情与婚姻、女人和男人合乎道德的生活方式与行为处世方式才是她真正关注的中心。她无意参与伦敦城里的知识分子关于社会身份地位的混战,只以对身边社交活动和家庭情感关系的专心观察与体悟去反映那个时代特有的淑女绅士文化。虽然我们仍能从书里伊丽莎白与凯瑟琳夫人的对峙中感受到传统贵族对商业阶层的歧视与不屑(凯瑟琳夫人看不起伊丽莎白一家是因为她有从事商业活动的亲戚),但这已不再是重点,重点是伊丽莎白和达西身上所体现出的美德——理智、克制、自我反省、尊重他人、信守承诺、乐于助人,这是他们二人共同的特点,也是他们最终获得相互理解、赢得真正的爱情的基点。此外,伊丽莎白美丽高雅、知书达礼、善良恭谦、淡泊名利的淑女风范也是绅士达西所倾心的,更重要的是伊丽莎白人格独立,懂得进退,坚持心灵美德之爱,更赢得了达西的尊重。

十八至十九世纪,英国实行的是限定继承权,

一个家庭中,如果父亲去世,女性家庭成员就会陷入穷困潦倒、无家可归的境地。由于当时女性没有任何的受教育权,即使年轻女性也无法得到就业机会维持生计,唯一的出路就是努力寻找一个有钱有势的丈夫结婚。《傲慢与偏见》一开篇就直面现实——班纳特一家有五个成年的女儿却没儿子,因而着急把女儿嫁出去,以避免一旦班纳特先生去世,财产和房屋都得由其侄儿柯林斯收走的窘境。可贵的是,即便在这种窘迫的情况下,二女儿伊丽莎白仍然坚持自己内心对理想婚姻爱情的追求,不为眼前名利去选择嫁给将继承她们家财产的堂兄,倒是她的闺密夏洛特温顺、安静地选择了利益现实,嫁给了柯林斯,过上平静自足的生活。

因"傲慢"与"偏见",达西和伊丽莎白初见时就相互厌憎,细究矛盾的起因,虽然双方各有各的道理,但根本上是他们在认知方法上存在重大缺陷,双方都执意认为自己的判断是正确的,而对方的表现是错误的。随着故事的发展,二人都接触到更多关于对方的信息,才开始逐渐意识到误解了对方,并反省自己之前的认识错误,最终相互认错,达成谅解,爱情终成正果。达西的傲慢很大部分正是来自绅士的行事规则。他着装考究,举止文雅，含蓄深沉，缄默沉静，又不为自己的善行辩护，加之他对伊丽莎白的母亲和妹妹们粗鄙轻浮的言行不屑，使得伊丽莎白误解他傲慢。而伊丽莎白的偏见则主要来自她对自己判断力的过度自信。好在两个人都知书达理，善于学习，并反省自己的缺点和偏误，又能知错则改，从善如流，宽容谦卑，如此，这对绅士淑女才终成眷属。

奥斯汀常被称为严肃的道德家，淑女绅士在她的笔下主要就是以道德修养为核心的。她欣赏温文尔雅的举止、优美纯正的趣味，在追求优雅风度的同时又毫不留情地批判势利行为。她肯定的待人处世之道是自制理智、尊重他人，强调对社会的责任，也注重尊重个人选择和发展。个人在不损害他人利益基础上的现实选择都是正当而合理的。所以，奥斯汀的淑女绅士观也受到当时时代观念的影响，消减了贵族身份带来的道德优越感，世俗而不庸俗，现实而不势利，充分体现出英国文化中的务实作风。这也是奥斯汀笔下的淑女绅士一直深受喜爱的原因——她的淑女绅士既非贵不可攀，也非高不可及，俗世男女稍微踮踮脚尖也够得着，这个维度对绝大多数读者来说刚刚好。

1.4 佳人才子:《西厢记》

如果说西方的淑女绅士是双方都注重内外兼修、才貌双全,那么中国的佳人才子相较而言就不那么平等了。才子佳人,即才华出众的男子和姿容艳美的女人,泛指有才貌的男女。唐代李隐《潇湘录·呼延冀》:"妾既与君匹偶,诸邻皆谓之才子佳人。"宋代晁补之《鹧鸪天》词:"夕阳芳草本无恨,才子佳人空自悲。"对男子而言,重要的是"才",对女子而言,则是"貌",这种男女性别气质价值取向上的偏差直到今天仍然流毒不清,不过在"才"与"貌"之外,都强调男女的品行道德之端正,这倒是符合中国自古以来重伦理德行的价值要求,也使得明清才子佳人小说在十八世纪启蒙时代的欧洲大受欢迎,赞誉颇多,成为启蒙知识分子寻求儒教与基督教、中西文化相互融通的桥梁。

才子佳人之说虽源自诗词,却兴盛于明代以降的戏曲和小说,四大古典戏曲,即王实甫的《西厢记》、汤显祖的《牡丹亭》、孔尚任的《桃花扇》、洪昇的《长生殿》无不是才子佳人的爱情故事。明清才子佳人小说流行一时,以至于《红楼梦》第一回说,"至于才子佳人等书,则开口'文君',满篇'子建',千部一腔,千人一面,且终不能不涉淫滥",其影响更绵延至今。

才子佳人小说是中国古代历史文化条件下的产物。中国中古以后不同于西方的社会体制，特别是唐代以来实行的决定中国知识阶层命运和思想状况的科举选官制度，是才子佳人小说创作产生和长期延续的基础。即使是那些耽于幻想的才子佳人小说中所描写的虚幻恋爱婚姻故事，也多少反映了中国古代知识阶层追求个性解放的愿望和对美好爱情的向往。

正如曹雪芹所指出的，才子佳人小说的确是非常模式化的。在这类小说中，"男女以诗为媒介，由爱才而产生了思慕与追求，私订终身结良缘，中经豪门权贵为恶构隙而离散，多经波折，终因男中三元而团圆"（林辰：《烟粉新诂》）。情节无非是青年男女郊游偶遇，题诗传情，梅香撮合，私订终身。其结局或因命运乖违，或因父母阻碍，或因小人拨弄，或因政事牵连，佳人逼嫁，才子遭难；虽经波折，却坚贞如一；后来或由于才子金榜题名，或由于圣君贤吏主持正义，有情人终成眷属。

虽说《红楼梦》对才子佳人小说的"千部一腔，千人一面"颇多不屑，但才子佳人小说的贡献之一也恰在其成功地塑造了许多典型的青年女性形象，如《玉娇梨》中的白红玉、卢梦梨，《平山冷燕》

中的山黛、冷绛雪,《金云翘传》中的王翠翘,等等。她们都有着超乎男人的智慧和才能。与晚明写实小说中女性处于"性奴"的地位相比,她们都是纯洁爱情的主动追求者,甚至努力寻求人格的独立和自主。相比这些光彩照人的佳人,才子们反而显得唯唯诺诺、文弱不堪,需要佳人爱情的激发才发奋上进,最终达成圆满结局。

要说佳人才子,最经典的还得数《崔莺莺待月西厢记》(简称《西厢记》,又称《王西厢》《北西厢》)里的崔莺莺与张君瑞。

《崔莺莺待月西厢记》的故事出自唐代元稹的传奇《莺莺传》。《莺莺传》说的是书生张生游学蒲州,恋上寄居普救寺的崔莺莺,后因赴京应试及第抛弃莺莺的故事。金代董解元的《西厢记诸宫调》将之改写成戏曲,元代王实甫又在此基础上改写了这个始乱终弃的悲剧。张生在普救寺相遇相国小姐崔莺莺,一见钟情,而无计亲近,在友人帮助下解救了被叛军围困的莺莺一行,趁机得崔母许婚。不料事后崔母食言赖婚,张生相思成疾。莺莺心爱张生,却不正面表白,幸得婢女红娘相助,才得私会张生。崔母拷问红娘,被红娘巧妙应对,使她勉强答应婚事,却又以门第为由,令张生立即上京应试。张生与莺莺十里长亭送别,赴京考中状元。郑恒借机谎称张生已在京另娶,崔母再次赖婚,逼莺莺嫁与郑恒,张生赶来,郑恒撞死,崔、张完婚。一部《西厢记》,虽几经曲折,但最终佳人才子团圆。愿"天下有情人终成眷属"的祝福,正是对封建社会包办婚姻制度的叛逆,对自由爱情的褒扬。

莺莺是已故相国家的大家闺秀,自幼家教颇严,她虽对张生一见倾心,月下隔墙吟诗,大胆地对张生吐露心声,陷入情网之中而不能自拔,但仍然顾忌重重,不愿直接表白。她饱受相思煎熬,不满于老夫人的约束,无处发泄只能迁怒于红娘。老夫人当众许婚,又出尔反尔,促使莺莺决心冲破约束,私会张生。但对于莺莺这样长期接受男女授受不亲的封建规范教育的大家闺秀来说,这个冲破过程实属不易。老夫人毁约后,张生一蹶不振,此时莺莺虽思念张生,让红娘去探望,但当见到红娘带回张生的柬帖时,又"忽的波低垂了粉颈,氲的呵改变了朱颜",怒斥红娘。待红娘说要将柬帖交予老夫人时,她又道"我逗你耍来",并急切地询问张生的情况。这种有违小姐身份的言行,是"欲"与"礼"的斗争。她在红娘面前遮掩,而内心又忍不住牵挂张生。莺莺"闹简"与"赖简"又"假意儿"不愿等反反复复的情节,既试探红娘是

否可靠、张生是否真心，又表现出战胜传统教养和女性禁忌的艰难。长亭送别时，莺莺既忧虑张生考试落第，婚事终成泡影，又担心张生考取后变心，另就高门，自己被弃置，表现出想爱而不敢爱，不敢爱却不由得不爱的复杂心理。莺莺逐步战胜内心顾忌、开放自我的过程真是步步小心，如履薄冰。

与大家闺秀莺莺在爱情面前的顾忌重重、含蓄沉稳相比，婢女红娘则完全没有礼教束缚下的各种扭捏反复，而是大胆爽直、直率热情。她奔走于崔、张之间，与老夫人周旋，既为"有情人终成眷属"扫除障碍，铺平道路，又以社会下层人民内在人性的本真反衬出上层贵族遵循的封建礼教对人性的扭曲。

张生君瑞富于才情而又文弱痴情，其为爱勇于奋争的书生形象是才子佳人小说和戏曲中最为典型的男性形象。张生出身于书香门第，先父官至礼部尚书，他自幼勤奋求学，饱读诗书二十三年。然时运不济，应试不中，便"书剑飘零，游于四方"，颓丧潦倒。偶遇莺莺而动情之后，他将功名利禄抛到九霄云外，把追求自由爱情视为第一要务，其在经史子集、诗词歌赋上的才华都用在了追求心仪佳人上，以至于相思难寐。普救寺之围这一天赐良机，他抓住了，不料崔老夫人食言悔婚，以"俺三辈儿不招白衣女婿"为由要他求取功名。张生清醒地认识到"得官啊，来见崔夫人；驳落啊，休来见崔夫人"，直面现实，变压力为动力，"一举及第，得了头名状元"。莺莺的温柔真情、红娘的率真相助、老夫人的利诱逼迫、友人的及时相助，更重要的是自己扎实的学识修养和勇毅顽强着力抗争的坚持，种种因素形成合力，张君瑞终于成功抱得佳人归，扭转了衰颓的人生。

可见，直面现实的爱情才会有真正美满的结局。莺莺与君瑞的爱情并非一般的起于色诱而终于乱弃，而是在抗争中两心相惜，真心相对。莺莺美貌聪慧，情真意切，张生俊美多才，执着坚毅，百折不挠，如此，方成为佳人才子之典范。

汤显祖的"至情"之作《牡丹亭》也是才子佳人戏曲的代表作。杜丽娘游园伤春，梦书生，折柳伤情，竟至一病不起，死后魂魄不散，寻觅梦中情郎不止。三年后，等到书生柳梦梅掘棺使其复生，才共结情缘。情节跌宕起伏，写景、抒情、人物塑造均文采斐然，妙趣横生，极富艺术感染力。杜丽娘是我国古典文学中继崔莺莺之后出现的最动人的妇女形象之一，她的爱情故事是汤显祖"至情"观的最好体现，如该剧《题词》所言："如杜丽娘者，乃

可谓之有情人耳。情不知所起，一往而深。生者可以死，死亦可生。生而不可与死，死而不可复生者，皆非情之至也。"但也有今人（如余秋雨）认为，与其说杜丽娘表现的是纯洁的爱情，不如说是火一般的青春欲望，汤显祖并非写"情"，而主要是写"欲"。《牡丹亭》的热度经久不衰，至今仍有著名作家如白先勇对其进行改编，推出了"青春版"。

这两部戏曲对才子佳人的性别形象和自由爱情婚姻的价值追求及其对封建礼教的反叛意义在中国影响至为深远。不过，我们更应看到的是，张君瑞与崔莺莺的爱情得来不易，除却他们自己的积极抗争，还有红娘的热心相助。幸而张生取得了功名，使得身处困厄之中的莺莺和老夫人的生活有了保障，他们的爱情也就有了坚实的物质基础。以往人们过于强调《西厢记》中的"情"，有意忽略了功名的取得对这场爱情结局的决定作用，为突出自由爱情对于封建包办婚姻的反叛意义和人性解放意义，竭力贬低看重地位、物质的崔夫人，片面地鼓励虚幻超然的浪漫爱情。同样，人们也高度赞赏《牡丹亭》的"至情至性"，肯定其浪漫爱情的可歌可泣，但这种以私己为核心的爱情事实上是孤立于社会的，不过是汤显祖的临川四"梦"之一罢了。才子佳人这种孤立于社会价值系统之外的虚幻追求并无助于社会主流价值观的巩固,因而在《红楼梦》里面,《西厢记》《牡丹亭》都是贵族男女禁止阅读的。与西方淑女绅士的性别气质形象相比,佳人才子的性别价值取向遗留给当代人的更多的是性别偏见,并不利于当代社会性别平等的追求。

2 "成为"男人

2.1 歌德《威廉·迈斯特的学习时代》

"未曾哭过长夜的人不足以语人生"——出自歌德《威廉·迈斯特的学习时代》的这句话道出了成长的艰难痛苦与历经艰辛之后的蜕变和升华，包含着无数难以言传的情感体验与思考领悟。这部小说也被视为成长小说的第一部经典之作。

Bildungsroman 中文译作"教育小说""修养小说""发展小说"（杨武能：《威廉·迈斯特的学习时代》），现在比较流行的译法是"成长小说"。顾名思义，这种小说写的都是一个人受教育，由幼稚到成熟的发展成长过程，这里的"受教育"不仅指学校教育，更多的是指经受生活的磨炼，在生活阅历中学习。它不只是记叙个人在性格发展时期的经历和冒险故事，更着重于描写人物的道德和心理发展过程。优秀的成长小说还要从个人的成长中反映出时代、社会、文化、政治的变化与进步。

早在十七世纪，德国就开始大量出现《痴儿传》等成长小说，其后两三百年，同类小说在德国层出不穷。（杨武能：《威廉·迈斯特的学习时代》）启蒙时代的欧洲从中世纪的宗教束缚中逐渐解放出来，摆脱了被动、消极、蒙昧的状态，开始认识和探索人自身与大自然，尤其注重人自身的认识、修养与智慧积累。特别是十八和十九世纪，随着资本主义的发展，教育问题日益突出，培养什么样的人和如何培养人成为全社会关注的问题。《威廉·迈斯特的学习时代》《爱弥儿》《远大前程》《昂利·勃吕拉传》等，都是其中的经典代表作，采用了人物传记式的线性叙事。这些欧洲经典成长小说一方面作为启蒙在文学上的表征形式，反映出自我意识的觉醒及民族国家的建立，高扬人的主体地位和国家的理性精神，寄寓着每个个体充分发展的乌托邦前景；另一方面又提倡美学教育、自然教育，来反对现代经济社会给个人带来的庸常、分裂，向往个性自由和情感幸福，以温暖理性主宰的逻辑世界之冷酷。

不过，十九世纪后期到二十世纪，特别是"一战"和"二战"之后，工业革命对人的异化，加上战争的创伤，使西方社会对人的价值观念和情感与

精神层面的追求都发生了巨变，成长小说也由传统的进步、发展的情节模式演变为抵制发展的模式，从欧洲到北美，成长小说与时代社会、世道人心一道经历了蜕变。这是后话，现在先回到威廉·迈斯特。

威廉·迈斯特生活在十八世纪中叶的德国，出身于富商家庭，禀性善良、正直，自幼便怀有提高和完善自身的愿望。他在替父亲收账的途中出走，投身戏剧艺术，怀着改良社会之心参与筹建流浪戏班，创作、演出、导演，步步艰辛，亲历事业、爱情与友情的种种坎坷与挫折，最终因感到戏剧救世的无望而离开剧团。之后，他结识了罗塔里奥男爵及其身边一批怀着济世救人、改良社会理想的年轻贵族，加入了"塔楼兄弟会"，并在与他们的交往中逐渐认识了生活意义的所在，走上了积极有为的正路，最后与男爵的妹妹娜塔利娅结婚，圆满完成了自己的"学业"。

当威廉离开剧团陷入失望、迷惘和懊悔之中，觉得自己误入剧团的那段时间"什么也没给我留下"之时，一直暗中关心和引导他的"塔楼兄弟会"成员对他说："我们的任何经历都会留下痕迹，都会无形地对我们的修养起作用。只不过去回顾总结它们，是件危险的事情。我们会因此要么自满懈怠,要么垂头丧气,结果一样会对将来产生不利影响。最可靠的是只做眼前该做的事情。"——人生旅途中所有的遭遇和经历都是促进人成长、成熟的因素,都能帮助人认识自身,认识他人,认识世界,关键就在于人有无能力对所经历的一切深刻体验,并正确理解和接受。不要回避挫折、失败和迷误,而要勇敢地投身实践,过一种积极有为的生活。正如杨武能所言,这与浮士德精神是一致的,是完全不同于中世纪经院主义教育的一种教育理念和成长途径。

威廉·迈斯特的成长是他逃避庸俗生活,不断向着更广阔、更积极向上、有益于社会的生活方式靠近的过程。他离开富裕的商人家庭和无聊的市民生活,四处漂泊找寻理想人生,他走出以家庭为核心的私人领域,积极参与公共生活的历程,正是当时德国公民社会形成时期最重要的事件。小说通过主人公的塔社经历,描画了一个建立在开明贵族与市民互动基础上、趋于等级平等的共同体,展示了未来公民社会的理想形态。小说同时对这一过程中情感和天性等私人领域品质的丧失,进行了批判性反思。(谷裕:《从市民家庭到公共生活——解读歌德的〈威廉·迈斯特的学习时代〉》)

　　《威廉·迈斯特的学习时代》里有个出自《圣经》的著名比喻——扫罗"他外出寻找父亲走丢的驴子,结果却得到一个王国"。有人认为这是对主人公整个学习时代的总结,其结局是爱情圆满成功,人生方向笃定。杨武能认为威廉的学习时代就是他逃避庸俗、自我完善的过程。还有人认为这个比喻反映了威廉及歌德本人的人生领悟和他们所信仰的命运观:偶然与错误本身是人所竭力避免的,个人做了很多力所不能及的事,试图达成目标,可恰是在迷途的过程中,人才真正得以成熟。通过错误和迷途而得到王国,因为错误有可能带来醒悟与成长。再者,人的理性反省也是把握外部流变世界的重要途径。这是启蒙的意义。正如书中外乡人所说:"这世界的组织是由必然与偶然组成的,人的理性居于二者的中间,懂得管理它们;它把必然看作生命的根基;它对于偶然是顺导、率领、利用,并且只有在理性坚固不拔时,人才值得被称为地上的主宰。"

　　歌德并非完全信奉理性,他也相信命运。他在与艾克曼的谈话中说,《威廉·迈斯特的学习时代》全书只说明了一件事:人虽不免犯错,但最终还是会在一只高高在上的手的指引下得到幸福。歌德认为,设置一种不可知的存在,但又保持人在实践理性中的自由,是十分恰当的。在人的成长过程中,在人力可知以外,尚需要神恩。(沈宏芬:《欧洲经典成长小说的"启蒙辩证法"——以〈威廉·麦(迈)斯特〉为例》)正是因为这种信仰的存在,威廉、歌德的人生才始终走在正途。心有敬畏,才会谦卑向上而不狂妄盲目。

威廉·迈斯特在不同空间中的旅行、成长经历,展现了对调和身体与灵魂、美与实用、内在与外界、个体与集体关系的"完整的人"的塑造。他从懵懂少年成长为心智成熟,认得清自我和他人的真正的成人,这个过程正是浮士德式的不懈向上地探索人生价值和目的的过程,也是男人之所以成为男人的过程。

《威廉·迈斯特的学习时代》作为成长小说的经典之作,真实地描画了德国十八世纪七十年代社会各个阶层的生活图景,囊括艺术、政治、宗教、帮会等各种领域形形色色的人物,既有现实的威廉、维特纳、罗塔里奥、娜塔利娅,也有充满传奇神秘色彩的迷娘、竖琴老人,书中广涉戏剧、绘画、建筑、音乐、人生哲学等各个方面,其描写和议论极为丰富而深入,是一部细致生动而又极富启发意义的百科全书。

2.2 狄更斯《大卫·科波菲尔》

成长小说往往带有强烈的自传色彩,最能凸显作家的生活背景和个人成长经历。如果说歌德的"威廉·迈斯特"系列成长小说主要书写在中产阶级和贵族妥协的社会背景下,个人成长为公民社会的一员、懵懂少年成长为成熟男人的历程,狄更斯则因其幼年家贫而不得不在黑工厂做童工这样的创伤性经历和长期在社会底层求生存的艰辛,常常以小说来书写十九世纪伦敦底层社会中挣扎向上、历经磨难而成长成熟的男人。他的三大经典小说——《雾都孤儿》《大卫·科波菲尔》和《远大前程》都是这样的成长小说。

随着资本主义的繁荣发展和海外殖民地的迅速扩张,维多利亚时代的英国迎来了历史上最为辉煌的帝国时代,但在这繁荣的表象背后,却存在着一系列的社会问题,特别突出的是议会政治黑暗、统治机构昏聩、金钱至上、人民贫穷,还有犯罪、儿童、教育以及健康与卫生等问题。狄更斯全面揭示了英国的社会面貌,体现了他作为从底层奋斗出来的作家的强烈的社会责任心和深厚的人道主义悲悯心。他"对社会生活一切最重大的问题的'集中注意'",他"那颗诗人的心……永远和穷苦不幸的人在一起"(伊瓦肖娃:《狄更斯评传》)。狄更斯小说中的成长主题具体表现为出身低微的主人公在苦难和诱惑的考验下,一度迷失自我,在诱惑的驱使下"出走",与原有的生活环境分离,后在考验与迷惘中醒悟,回归自己的淳朴本色,最终走向成熟,努力实现自我价值。

虽然狄更斯自小历尽艰辛,在社会上摸爬滚打,靠刻苦勤奋和顽强奋斗才获得成功,但他总是秉持"仁爱"之心,内心保持着孩童般的对世界善恶二元对立的理解,并在小说中塑造了"善"与"恶"两大系列人物形象。其小说中的主人公往往就在善与恶的外力争夺和自己内心的挣扎取舍中得以成长。

孤儿奥利弗·退斯特生在济贫院,从小忍饥挨饿,备受欺凌。由于不堪棺材店老板娘、教区执事邦布尔夫等人的虐待,他独自逃往伦敦,受骗误入贼窟。奥利弗的同父异母哥哥蒙克斯出高价买通贼头儿费金,要他使奥利弗变成不可救药的罪犯,以便霸占奥利弗名下的全部遗产。费金对奥利弗威胁、利诱、洗脑,企图迫使奥利弗心甘情愿地当贼,为他赚钱。在布朗洛、梅里夫人、罗斯小姐等人的关爱和援助下,奥利弗终于搞清楚了自己的身世,并继承了财产,终结了受苦受难的童

年。而作恶者们则各自受到了应有的惩罚。奥利弗出生于苦难之中，在黑暗和充满罪恶的世界中成长，但始终保持着纯洁善良之心，保持出淤泥而不染的美德。狄更斯这部早期的小说对贫富悬殊、道德堕落、摧残妇女儿童等社会不公和不良现象进行了温和的批判和善意的嘲讽，作品洋溢着充满幻想的乐观情绪。

随着年龄的增长和对社会黑暗的认识进一步加深，以及个人婚姻爱情生活的不幸，在狄更斯后期创作的《大卫·科波菲尔》《远大前程》中，其乐观精神被沉重的苦闷和强烈的愤懑所代替，更少幽默讽刺，而更多的是感伤象征。即便如此，小说主人公身上仍延续了善良淳朴、不断奋进、在磨难中历练成长的特质。

作为作家心中"最溺爱的孩子"，自传体小说《大卫·科波菲尔》以第一人称叙述孤儿大卫当童工，学速记，采访国会辩论，勤奋自学，成为著名作家的人生历程。这是狄更斯的亲身经历，非常励志。不仅如此，他的成长被放在了十九世纪维多利亚时代英国社会的广阔图景和当时不同阶层的生活场景之中，他个人的成长故事也因此被视为维多利亚时期英国社会和人生的某种缩影，其中寄托着作者本人的人生哲学和道德理想。托尔斯泰曾把这部作品列为"深刻的"世界文学名著,把它誉为"一切英国小说中最好的一部",认为它"有助于塑造健康的人格"。毛姆称其为世界最伟大的十本小说之一。早在清末,著名翻译家林纾就将这本小说译入中国,名为《块肉余生述》,其深刻影响了晚清至五四时期的几代知识分子,至今仍广受欢迎。

狄更斯从小喜欢观察生活,善于捕捉生活中各种生动的细节,生性敏感,善于体察人心,回味自身的感受与体验,特别擅长表达自己细微的心理情感和情绪。《大卫·科波菲尔》是狄更斯童年在黑工厂工作的创伤性记忆的宣泄,他说,"我似乎已将我自己的一部分躯体送入了阴森森的世界",写作时极其投入,常常分不清现实与过去、自己与人物的界限,连做梦"都是二十年前的事情"。小说自然采取了第一人称自述的方式,但又巧妙地利用叙述克服了第一人称的局限,既写出了主人公大卫的生活经历、见闻感受,又写出了"我"眼中的世界,宽广而深刻地描绘了伦敦底层和中层社会的人生百态、人情世故。两百年来,大卫从童年到中年的成长历程都不断激励着读者。

大卫是遗腹子,贫穷软弱而又年轻美丽的母亲克拉带着他嫁给凶狠贪婪的商人后,他欢乐

的童年生活就彻底结束了,陷入苦难与不懈的奋斗之中。他寄居在收养孤儿的贫民老妇家,在黑鞋油作坊里,被老板安排在橱窗旁做工,以供人观看,备受屈辱。他常常奔走于当铺与监狱之间,好不容易有机会上学,学校却是糟透了的地方,校长不学无术,对他极尽迫害与凌辱……但无论怎样,大卫仍然顽强奋斗。他聪明敏感,好学上进,善良博爱,正直勤奋,务实进取。年龄稍长些,他就去律师事务所当学徒,学习速记;继而当上记者采访议会辩论,开始练习写作,最终成功发表作品并功成名就。他虽然也有过错误的念头、荒唐的举止、忧伤的时刻和消沉的日子,但是贝兹姨婆的"无论在什么时候,决不可卑鄙自私,决不可弄虚作伪,决不可残酷无情"成了他的座右铭,手向上指着的爱格妮斯是他的"指路明灯"。遭遇了朋友的真诚与阴暗、爱情的幼稚与冲动、婚姻的甜美与琐碎、家人的矛盾与和谐,经过不断的磨炼,这个失去双亲的孤儿,在苦难和挫折中逐渐成熟,走上了正确的人生道路。小说大量写到大卫在理想与现实矛盾中的失望、绝望和坚守,在经受他人凌辱时对自己尊严的维护,在艰难的生活里严于律己、学习上进,写到友谊、爱情,对婚姻的憧憬与失望,等等,充分表现了健全人性的形成和发展。书中很多语句非常经典,譬如:"今天能做的事,绝不要留到明天。拖延乃光阴之窃贼。要抓住他!"对他的心理情绪描写也细致入微,譬如:"我沦落到这么一个圈子里,把这些从此与我朝夕为伴的人与我快乐童年时代的那些伙伴——不必说斯梯福兹,特拉德尔,以及其他同学了——相比较,我觉得我要成为博学多识、卓越优秀的人希望在心头已破灭了。当时的彻底绝望,因所处地位的卑贱,深信过去所学、所想、所喜爱、并引起遐想和上进心的一切正一天天、一点点离我而去,那年轻的心所受的痛苦,对这一切的深刻记忆是无法写出来的。当米克·活克尔上午离开后,我的眼泪立刻流进了洗瓶子的水里,我哽咽着,好像胸头有一道裂缝随时行将进开一样。"

狄更斯细致地描绘了伦敦社会的图景,深刻地探索着人心、人性的复杂与微妙,批判的是人和人性的异化,竭力追求的是人和人性的复归以及人和人之间的和谐。可贵的是,狄更斯历尽艰难困苦、世事沧桑之后的超脱,他以幽默嘲讽的笔墨写出人间百态、人情世故,塑造社会各阶层的各色人物,给人以深刻的人生启迪。比如他塑造的波德史奈普、甘普太太、米考伯先生等,"很多喜剧人物都可以说是疯狂的,因为他们生活、说话都好像

世界上只有他们自己。他们按照自己的一些想法独自生活",不论环境如何变化,他们依然故我。这种固执己见的思维模式和生活方式画出了英伦气质的一个方面。狄更斯特别善于利用人物性格形象的标志化,内容与形式之间的反差,以及生动鲜明的英国口语、俗语、成语来形成独具一格的幽默风格,这成为英伦幽默的一大标志。当年老舍执教于伦敦大学东方学院,就是在他的影响下才开始学习英文,学习写作,走上文学大师之途的。狄更斯和老舍本人就是在贫困艰辛中打拼奋斗、成长成名的榜样,他们的小说主人公往往浑身散发着拼搏不息的精神和勇气,尽管有的成功,有的失败,他们的精神气质却是成长小说中最具代表性和最富于艺术魅力的。

2.3　塞林格《麦田里的守望者》

如前文所说,十九世纪后期到二十世纪,特别是"一战""二战"之后,工业革命对人的异化,加上战争的创伤,使西方社会对人的价值观念和情感与精神层面的追求都发生了巨变,成长小说也由传统的进步、发展的情节模式演变为抵制发展的模式,从欧洲到北美,成长小说与时代社会、世道人心一道经历了蜕变。其中,美国作家托马斯·

沃尔夫的《天使，望故乡》、索尔·贝娄的《奥吉·马奇历险记》和塞林格的《麦田里的守望者》等最具代表性。

美国作家杰罗姆·大卫·塞林格的长篇小说《麦田里的守望者》没有像欧洲现实主义成长小说那样以主人公的人生历程来书写社会历史环境的变化，也不像《天使，望故乡》和《奥吉·马奇历险记》那样拉开长长的时间线完整地叙述主人公从幼年到成年的家庭、教育、社会变迁，而是择取了辍学中学生霍尔顿在纽约街头游荡的三天两夜，以其因内心世界与现实世界矛盾冲突而感到的苦闷孤独和逃避现实的种种设想为中心，写出了青春期少年成长的烦恼，以及对战后冷漠虚伪、道德沦丧的成人世界的揭露和批判。

塞林格曾参加过"二战"，战争的创伤以及与父亲的冷漠关系使他的性格矛盾、消极，他既想成就人生的欲求，又厌弃人世的烦琐与伪善，遁世隐逸而居。主人公霍尔顿也有同样的性格和人生取向。出身富裕中产阶级家庭的霍尔顿厌恶学校校长趋炎附势、势利虚伪的行径，腻烦课堂、同学和各种球赛，因在学校调皮捣蛋、拒绝学习、成绩奇差而被第四次开除。他不敢回家，在纽约城四处游荡。三天两夜之间，他住过小酒店，逛过夜总

会,滥交女友,接触到社会各色人等,目睹了这些人的庸俗虚伪、自以为是和装腔作势,他痛恨这样的成人世界,四处找寻避难之所。他去了博物馆、坟场,几近疯狂、分裂。他虽然满嘴脏话怪话、俚语俗语,故意反戴红色猎人帽,寒冬里穿风衣,满不在乎地显示自己对世俗的抵制和反叛,内心却始终保持着对真诚纯洁的童真世界的向往和维护,对弱小美好事物的深切同情与怜爱。他去中央公园看野鸭,惦记着冬天里野鸭都飞到哪里去了。动物园里热烈的节日氛围和妹妹天真无邪的欢笑终于驱散了他心头的疯狂与抑郁,雨中翻飞的飞车、欢快的旋转木马,唤醒了他少年的活力与希望。他对亡故的弟弟艾里和年幼单纯的妹妹菲比满怀情义,就是因为他们拥有尚未被成人庸俗世界所污染的纯真与美好。他最终把心爱的红色猎人帽送给妹妹,既表明他决心告别童稚时期对成人世界的抵御和排斥而试着去面对,又表明他守护纯真的愿望。他想过逃到西部去过隐逸生活,虽然不能真正隐遁而去,但他内心仍然保持着想做一个"麦田里的守望者"的愿望,想守护那些在悬崖边玩耍嬉戏的天真孩童。

这部小说非常彻底地运用第一人称叙事,以"我"吊儿郎当、玩世不恭的口吻展开叙述,活脱脱地呈现出这个愤世嫉俗、叛逆不俗的大男孩。他满口俚语脏话,对父母、世俗社会和文学电影推崇的训导嗤之以鼻,他把狄更斯的大卫·科波菲尔式的话称作 crap(废话),说父母 touchy as hell(脾气大得一塌糊涂)。字里行间满是讽刺、冷漠和满不在乎,个性十足。他对好莱坞、学校都没有好感,语言极尽讽刺。这些语言单独看完全是粗俗不堪的口语,但这种故意为之的语言整体读来却极为贴合霍尔顿的性格和心理,在荒谬之中暗含讽刺。霍尔顿的咒骂实际上是惯性的、不知不觉的,正是这种无意识性强化了而不是削弱了贯穿小说始终的纯真主题。

小说大量运用内心独白的方式,袒露霍尔顿内心对真诚纯洁的童真世界的维护和对安宁稳定生活的向往,以及他对喧嚣浮躁的现实世俗世界的憎恶。他喜欢博物馆,是因为这是他小时候常去的地方,这里的一切亘古不变,这种恒定不变给他安定踏实之感,而人却变化莫测,难以捉摸。在他看来,"博物馆最好的是一切都总是井井有条……没有啥会不一样。唯一不一样的就是你自己"。他对博物馆这种稳定不变的依恋实际上是他依恋童年记忆、拒绝变化成长的体现。成长就是要不断离开人生中熟悉的舒适区去接受新事

物、新观念、新挑战，在不断的挫折磨炼中蜕变。而他却拒绝变化，拒绝融入复杂多变的成人世界，宁愿待在质朴天然、黑白分明、纯洁真诚的孩童世界里，当个麦田的守望者，甚至想逃到荒无人烟的西部去，做个聋哑人，娶个聋哑姑娘，在那里，"没人认得我，我也不认得任何人"，假装是个聋哑人，That way I wouldn't have to have any goddam stupid conversation with anybody（这样我就不用跟任何人去说那些该死的蠢话了），就可以自由自在无人束缚了。

霍尔顿对成人世界的厌恶、排斥和反叛主要是因为这个世界对人的本真的背离和异化。现代主义文学普遍存在对人的异化问题的书写，典型的如卡夫卡的《变形记》《城堡》，加缪的《局外人》，等等。"二战"后信仰的崩塌、对人自身的认识危机，工业化生产和资本的疯狂膨胀、财富争夺加剧带来的人性扭曲、冷战阴云的压抑，以及物质生活的丰裕与精神生活的贫瘠，如此种种，都使得现代都市人遭受着史上最严重的分裂痛苦。塞林格参加过"二战"，又见证了战后种种社会症候，他自然而然地最为关注人的异化这个母题。他从早期作品集《九故事》开始就大量地多角度书写这个母题，而其代表作《麦田里的守望者》更是集中于此。

在这里有主人公霍尔顿的自我分裂、自我矛盾和自我颠覆；有霍尔顿与他人关系的异化，特别是朋友关系（甚至恋人关系）的利益化，亲子之间的冷漠，夫妻之间形同陌路；还有人物与其生活环境、工作环境之间关系的异化，霍尔顿与家庭、学校、博物馆、公园、坟场、旅店、酒馆、夜总会都格格不入，异于正常状态。这种异化和扭曲使得年仅十六岁的霍尔顿难以清楚地定位自我，难以找到自己在家庭、社会、人群中的正确位置，因而他总是处于孤立、迷茫、疑惑与绝望之中，表现在言行上就是对整个社会环境的极度抵制和反叛。幸运的是，霍尔顿本性善良纯真，他虽然言行乖张，却一直力图保持内心的真诚美好，力图寻找到关爱与温暖，甚至愿意为保护孩童的真纯而牺牲自己，这使得他不甘堕落和平庸，而积极实现自我救赎。他把仅有的十元钱投进修女的募捐篮，在他眼里，修女是圣洁和纯真的象征，他内心对于宗教潜藏的信仰和他爱护幼小妹妹的善良使他终止滑向堕落之渊，在病院里开始认真思考自己的人生，小说结束处，虽然他还没能走出迷惘找到新路，但反省来路本身就是觉醒和成长最重要的前奏。

《麦田里的守望者》以意识流手法和极富个性化的叙述语言成功塑造了青春期少年霍尔顿的反

英雄、反成长的叛逆形象,对中国二十世纪八十年代中后期崛起的一代先锋作家影响巨大,特别是苏童的《桑园留念》《城北地带》,余华的《十八岁出门远行》《世事如烟》,王朔的《动物凶猛》《顽主》,等等作品,都有这部小说的深刻印记。直到今天,这部小说仍然是青春成长小说中影响最大、最受欢迎的一部。

2.4　路遥《平凡的世界》

　　《平凡的世界》是当代长篇小说中长期位列畅销书排行榜前列的名作,"读者们对于《平凡的世界》的热爱,不是出于文学的理由,而是首先将其视为'人生之书'",因为这部在当代中国大众读者中影响巨大的作品,"为底层读者提供了一种超越阶级限定的想象性的满足"(黄平:《从"劳动"到"奋斗":"励志型"读法、改革文学与〈平凡的世界〉》)。也就是说,《平凡的世界》之所以能够获得广大读者的喜爱,成为青年人的"励志圣经",首要原因在于,这部小说通过孙少平、孙少安、孙兰香等人物形象的塑造,讲述了一系列"经由与内外困境斗争,获得世俗成功/人生意义"的故事,从而为二十世纪八十年代以来的民众——尤其是大量底层的青年人,提供了鲜活生动且看似可效仿的范本；其次，也因为这部小说全景式地展现了改革开放前后中国乡村和城乡交叉地带社会风俗的变迁，以及在这社会变迁背景下中国底层普通人物在巨大的历史变革和坎坷艰辛的生活中自力更生、坚持奋斗的历程。

路遥擅长塑造“高加林式”的人物形象。其中篇小说代表作《人生》中的高加林和《平凡的世界》中的孙少安、孙少平兄弟最具有代表性。他们是在“城乡交叉地带”为改变自身困境而拼力奋争的农村知识青年的集合，他们被视为当代文学史中的平民英雄，他们的成长故事沉淀着二十世纪七十年代末以来几代中国青年，特别是农村青年或城市底层青年的共同人生记忆，因此青年读者特别能与之产生强烈共鸣。

与哥哥孙少安效仿祖祖辈辈扎根黄土地求生的务实人生不同，弟弟孙少平一直向往“外面的世界”，向往远方——对于这个生在贫瘠大山里的黄土地上的农家子弟来说，离开双水村，到城里去，成为“公家人”（城里人）就是他的“远方”和梦想。“他一个人在山里劳动歇息的时候，头枕手掌仰面躺在黄土地上，长久地望着高远的蓝天和悠悠飘飞的白云，眼里便会莫名地盈满了泪水，山野寂静无声，甚至能听见自己鬓角的血管在哏哏地跳

动",他的青春激情和不甘于乡村务农生活的想望都促使他想尽办法走出双水村,即使前面的生活道路和目标都是模糊无望的,他也选择义无反顾地出走。受过高中教育、自尊好强的少平清楚地知道,城里人跟村里人之间存在天壤之别,城市生活和农村生活也是天差地别。对城市文化的崇拜和向往是那一代农民子弟共同的特点,这是中国社会城乡严重不平等的现状造成的。他和他的朋友金波都怀着同样的心思:"你现在出了门,你就知道,外面并不是天堂。但一个男子汉,老守在咱双水村那个土圪崂里,又有什么意思?人就得闯世事!安安稳稳活一辈子,还不如痛痛快快甩打几下就死了!即使受点磨难,只要能多经一些世事,死了也不后悔!"这种不甘平庸和不甘现状的奋进精神一直支撑着孙少平在饱受爱情和生活磨难中继续坚持自己的梦想与追求,保持人性的自尊、自强与自信。到小说结束时,虽然他还只是矿上的一个生产队长,但这对于一个赤贫如洗、赤手空拳闯天下的农家子弟而言,已经非常不易了。从忍饥挨饿读书求学到回乡做乡村教师而不得,从离村外出当居无定所的揽工汉,再到成为舍命换生存的煤矿工人,凭自己的勤奋好学进入煤矿技校学习后升职,于是乎,他实现了走出双水村、成为城里人的基本目标。他成功获得了城市户口和城里人身份,他在生活方式和思想观念上也相当程度地城市化了。

更重要的是,孙少平的个人奋斗目标不是外在的身份和物质追求,而更多的是精神层面的坚守和升华。他始终保持着对阅读文学艺术作品的热爱,这不是为了特定的功利目的,而是一种灵魂充实的需要,一种反抗沉重现实的方式。正是这种阅读,使他的精神从沉重而琐碎的现实之中超拔出来,获得了更高的心灵境界。(阎真:《路遥的影响力是从哪里来的?》)他勇敢地走出双水村,走出原西县,在生活和社会的磨难历练中,视野变得开阔,思想逐渐开放,确立了人人在精神灵魂上平等的观念,形成了通达坚韧的人格。

在极其艰难困苦的情况下,少平始终保持着善良的本性和处世态度。高中同学侯玉英深深伤害欺凌过他,但突发洪水时,他仍毫不犹豫地救下她。郝红梅曾经与他共同面对极度贫困、吃黑馒头的辛酸与困顿,同病相怜使他对她萌生了朦胧的初恋,但红梅移情别恋,狠狠伤了少平的自尊心。但当她偷手帕被扣留时,少平依然挺身而出救了她并为她保守秘密。在他四处流浪揽工时,他虽极度劳累,仅有两元工资,却舍得拿出省下的

一百元给受到伤害的小女孩小翠。他甚至冒着生命危险救下矿井中的工友,自己却身受重伤。这种金子般的善良实在令人深深感动,甚至使得这部小说具有了一种崇高性。

不仅如此,少平、少安那种"人穷志不穷"的尊严感也是极令人感佩的。贫穷使他们不能对爱情有丝毫浪漫之想,少安与田润叶、少平与田晓霞情意深重,但他们却因自己的"乡下人"身份配不上心爱的城里女人而却步,怕对方跟自己受穷受苦,宁愿选择痛苦放弃。这种善良与自尊(虽然其中也有自卑),是与《红与黑》里不择手段往上爬的极其自私的于连绝不相同的。虽然少平后来终于冲破了自己的顾虑和自卑,勇敢追求真爱,在知识、思想、生活方式上与田晓霞保持一致,但当晓霞在报道洪灾中牺牲后,他最终选择了师母惠英嫂,理性地选择了一种更为稳定的感情生活。在理想与现实、城市与农村的巨大鸿沟之中,孙少平在肉身和精神双重层面实现了对这鸿沟的超越,顽强奋斗,自强不息,体魄和意志都得到了磨炼,灵魂与精神都在不断成长。

《平凡的世界》虽然在艺术审美价值上并没有超越一般现实主义长篇小说,也没有超越路遥最具代表性的中篇小说《人生》,但小说塑造的草根奋斗者和底层社会普通民众的质朴善良、忍辱负重、坚忍不拔、豁达乐观的精神价值,涌动着抗争奋进的生活力量。"像牛一样劳动,像土地一样奉献"的奋斗激情,立足平凡又超越平凡的责任感和使命感,使得小说具有了其他当代作品很少具备的神圣感与崇高感,洋溢着生生不息的时代激情和顽强奋进的精神力量,在一代代青年中产生了强烈的价值认同。

2.5　余华《十八岁出门远行》

与《平凡的世界》以现实主义风格展现改革开放初期中国陕西黄土地上的青年农民的奋斗与成长不同,余华的名作《十八岁出门远行》作为"先锋小说"第一炮,以意识流、荒诞派、印象派加上象征主义的方式让现实细节发生变形和隐喻化,书写了一位少年的成人礼——第一次离家远行,同时也象征性地写出了"文革"后中国知识分子的成人礼。

《十八岁出门远行》是寓言式的。不像一般现实主义小说那样着力塑造典型人物的性格形象,表现其精神情感的变化,以及在现实生活的种种磨砺之中的成长成熟,小说中的所有人物都是面目模糊的、符号化的,只有身份、职业、年龄之别,

并无强烈个性特征。小说的时间是"这年我十八岁",时间表达含混不明,它不是"那一年我十八岁"这样明确地回忆"我"十八岁时的经历,讲故事的时间和故事本身发生的时间之间的关系并不明晰,使得这个故事发生的时间具有了任意性。小说中的空间也是奇异的,似乎非常阔大,又似乎非常狭小。一开篇,小说就写道:"柏油马路起伏不止,马路像是贴在海浪上。我走在这条山区公路上,我像一条船。"山区公路与海浪联系在一起,把本来并不开阔的现实空间一下子打开成了非常宏阔的想象空间,就像这个十八岁的青年离开父亲,离开家,外出去认识世界时感受到的天地辽阔、世界很大,既使他豁然开朗,又让他有种把控不定的失重感——像一条船漂在海上。这篇小说就是这样,既是写实的,又是象征和隐喻的。读起来,表层文字是写实的,但分明又话中有话,得从字里行间去读出它的象征意义和隐喻意义来,才算真正读懂了。这种特征非常近似鲁迅的小说,特别是《狂人日记》,其最大的优点就在于能够在非常有限的文字篇幅中容纳深刻而博大的思想精神内涵,具有很强的包容性和多义性。

理解了这一点,我们就更能明白,这个十八岁少年初次出门远行的故事实际上并非如文字表层那么简洁而单纯。

小说看起来很简单。"我"漫无目的地走在山间公路上，把山和云想象成自己熟识的人，很是惬意。日近黄昏，我才想到要找个旅馆栖身。这时，遇到一个司机正在修他抛锚的卡车，卡车上装满了苹果。我给司机香烟以套近乎，司机接受了，但我要上车却被他粗暴地拒绝。山道上来了五个骑着绑了大箩筐的自行车的壮汉，把车上的苹果抢了就走。接着又来了两批人，把苹果抢光了，还把卡车拆得七零八落。我每次都力图阻止，但每次都遭到痛打。并且，司机抢了我的红色背包，也跑了。最后，我钻进卡车车头，感觉自己找到了旅店，想起那个晴朗温和的中午，我背着父亲给的红背包离开父亲、离开家时的欢快情形。

从故事时间上，应该倒过来读这篇小说。"我"离开家，离开父亲，背着象征着父亲教我的传统伦理规则和处世之道的红背包出门。一开始，"我"对所有的山和云都用自己熟悉的人来命名，将其纳入自己已有的认知系统和伦理规则当中来，"我"与外界人和事之间还没有构成任何矛盾冲突。但当司机出现之后，"我"就开始了与外界的交流、认知与冲突。不论是司机一开始接受我的香烟，似乎和我做了朋友，却又粗暴地拒绝帮

我,甚而抢走我的红背包,还是那些壮汉和村民抢劫苹果、拆卸卡车,都是我认知范围之外的,与我既有的伦理道德规则和处世规范都难以协调。我因此而愤怒,不仅身体受伤,心灵也遍体鳞伤,如那卡车头。"我"的成人礼实际上是一次深刻的认知、伦理上的挫败体验,是在与人、社会打交道中遭遇到矛盾冲突后的惊惶与迷惑,只有远离了他人,"我"才得以重新回到自己能把控的认知和伦理范围,那就是不会给我造成困惑、痛苦和挑战的非人的卡车头。"我"与卡车头同病相怜,产生共鸣,其实完全出于"我"的主观认知和体验及伦理感受。在受伤时,"我"自然地选择寻找安全港湾,缩进卡车头狭小的空间里,回想离家时父亲和家的美丽阳光般的温暖。

这个受挫的少年后来会怎样呢?他会在这次挫败之后就退缩不前,再也没有勇气去面对社会、走向成熟,还是会勇敢地再次出发,调整自己的认知方式和伦理规则,去接受社会他人的挑战,经历风雨后成长为坚强的男子汉?这篇小说戛然而止,留给读者去理解和想象。从余华后来的小说《活着》《许三观卖血记》中,我们可以看到,这个刚长出稀疏"黄胡须"的少年历经世事沧桑之后,活成了坚韧不拔的男人。虽然这次遭遇给"我"身心以沉重的挫败,但毕竟"我"开始独自面对世界,真正感受到自我存在的意义,不再掩藏于父辈羽翼之下生存。"我"独自面对世界、与世界对话的时间开始了,这是成长的关键点。

如果《十八岁出门远行》单单只有上述故事内涵,是不足以成为当代中国最重要的短篇小说之一的,它的重要价值更在于文字表层之下所隐喻和象征的国家、民族、时代内涵以及超越性的知识分子成长经验。

小说中很多话语和意象都富有暗示性和象征性,特别是红色背包和卡车。红色背包是父亲亲手整理好的,让"我"背上,然后打发"我"出门。"我"背着背包第一次远行,遇上了司机和抢苹果的民众,惨遭暴力殴打,红色背包也被司机抢走了。这在该文写作的一九八六年极富时代象征意义。从社会历史角度看,这个红色背包象征着中国青年一代在"文革"后浴火重生,带着父辈的希望、父辈教导的伦理道德观念和对新时代的向往走向社会,却在残酷现实面前遭遇沉重打击,发现传统的伦理道德已然被民众所抛弃。

不仅如此,这种书写也可以被解读成二十世纪八十年代前期中国知识分子群体心理处境的真实写照。"我"不停地走,为寻找一个未知的旅店

栖身,"我在路上遇到不少人,可他们都不知道前面是何处,前面是否有旅店。他们都这样告诉我:'你走过去看吧。'我觉得他们说的太好了,我确实是在走过去看"。——通过否定和偏离自己所熟悉的道路与规则去探索新的道路和世界,这个母题是包括鲁迅的《过客》在内的许多中外知识分子小说所共有的。"我"是在时代浪潮裹挟下不懈追求新路的一代代知识分子中的一员。"文革"后的八十年代,是启蒙精神再次萌生并影响知识分子的重要时期,关于"文学主体性"的大讨论和现代派文学、寻根文学、先锋文学的出现,都使得知识分子从以往的将文化(文学)政治化转向为更关注文学文化本身与人性人心之关系,即所谓"向内转"。"文革"侵蚀和损害了人的内心和精神世界,浩劫之后,如何放下虚幻的"红色背包",从革命神话所导致的全民狂热中解放出来,回归本心和自我主体性,真正实现自我觉醒,这是八十年代知识分子的成长使命,就像王德威指出的那样,"当社会潮流引导大家'向前看'的时期,寻根作家偏偏反其道而行,不仅向'回'看、向'下'看,而且更要往每个人的内心里看"。寻根文学如此,余华等先锋作家何尝不是如此,现代主义的先锋形式包裹的是中国新时代知识分子的内省欲求。

小说结尾,"我"钻进与"我"一样遍体鳞伤的卡车头去,因为只有这里是暖和的,而"我知道自己的心窝也是暖和的。我一直在寻找旅店,没想到旅店你竟在这里"。经过这次抢苹果事件,"我""顿悟"了,成长了,自我开始觉醒了,但这还远远不够。就像伊藤虎丸论析鲁迅的《狂人日记》时所指出的:"获得某些思想和精神,从以往自己身在其中不曾疑惑的精神世界中独立出来,可以说是容易的。比较困难的是,从'独自觉醒'的骄傲、优越感(常常伴随着自卑感)中被拯救出来,回到这个世界的日常生活中(即成为对世界负有真正自由责任的主体),以不倦的继续战斗的'物力论'精神坚持下去,直到生命终了之日为止——这是比较困难的。""狂人"做到了,而《十八岁出门远行》中的"我"还只是处于懵懂觉醒、将醒未醒的初步阶段,这个成人礼之后还有很长的路要走。

十八岁的远行,还只是人生长旅的开端,还只是浅尝辄止的一次磨炼,稚嫩的少年成长为真正自我觉醒和自由独立的男子汉,还不知要行多少路,历经多少风雨呢。

3 "成为"女人

3.1 简·奥斯汀《爱玛》

简·奥斯汀早期的小说《傲慢与偏见》《理智与情感》里出现的淑女绅士形象都比较固定,随着故事情节的发展,伊丽莎白和达西、艾莉诺和爱德华都在历经波折之后最终确认了爱情。在此过程中,正是他们的淑女绅士精神气质和修养,使得他们能够走出思想和思维上的误区,反省过失,最终找到真爱。而她后期的小说则打破了定型人物的模式,更多书写淑女绅士心理、感情、思维、思想的成长过程,最具代表性的是《爱玛》。

由于局限于狭小的生活空间,对生活充满热情向往的女性往往耽于幻想、不切实际,为满腔情感和丰富想象所误,不能或不愿直面平庸不堪却又实实在在的日常现实生活。福楼拜的自然主义小说《包法利夫人》就讲述了这样一个"把自己设想成另一个样子"的法国美丽乡村女子——爱玛残酷的现实人生。而简·奥斯汀是更加温和的，她的《爱玛》也写了一位美丽聪慧热情而富于幻想的乡村姑娘爱玛，她满脑子男婚女嫁，为他人构想浪漫故事，并固执地认为自己永远不会陷入其中，造成了一连串的误会，差点葬送掉自己的爱情。奥斯汀让爱玛对他人婚恋的想象一次次在现实面前被揭穿，令人啼笑皆非，极富反讽和喜剧性，她自己也在这一次次的挫败之中得以心智成熟、感情成熟。

爱玛是海伯里村富绅伍德豪斯先生的小女儿，聪明美丽，从小受到家庭教师泰勒小姐的良好教育。父亲的宠爱和无忧无虑的生活环境，使她养成了自命不凡的性格。泰勒小姐出嫁后，二十岁的爱玛在寂寞中认识了另一个乡绅的私生女——俏丽温顺的哈丽特。爱玛按照自己的想法，竭力撮合哈丽特和青年绅士埃尔顿，并让她拒绝了佃户罗伯特·马丁的求婚。结果势利的埃尔顿看不上身世不明的哈丽特，反而向爱玛示爱。爱玛大惊，根本料不到地位门第都比自己低一级的埃尔顿敢有此非分之想。爱玛又撮合哈丽特与弗兰克，却不知弗兰克早已与家道中落的老处女贝茨小姐的外甥女简·费尔法克斯私订终身，她

还在一次出游活动中误解弗兰克对自己有意而当着简的面与弗兰克调笑。直到哈丽特告诉她，自己爱上了地方官奈特利时，爱玛才惊觉原来自己一直在爱着邻家大哥——成熟稳重的乔治·奈特利。她最终放弃自己宣称终身不嫁的轻率誓言而与乔治喜结良缘，哈丽特也与真心相爱的马丁结合。

在爱玛从自以为是地无事生非，到真正懂得关心他人的成长历程中，男主角乔治·奈特利起到了至关重要的作用。三十七八岁的乔治·奈特利是她身边坚持不懈的谆谆告诫者和敏锐督查者，一直真诚地指出她的错误和缺点，并帮助她克服，推动她的成长。他批评爱玛不该过于自以为是，沾沾自喜，不该轻率干涉别人的感情生活，批评她读书没有耐心，因妒忌而不与知书达理的简做朋友。他时时告诫提醒她，就像一个宽厚的兄长时刻守护着调皮的妹妹。他与爱玛时时争吵，奈特利每次批评爱玛，爱玛都要起而抗辩。两人之间绵延不绝的争论表明，奈特利对爱玛的感情是建立在平等相待的基础之上的，而不是高高在上的男权意识，甚至很大程度上，奈特利对爱玛的爱恋恰恰在于后者生气勃勃的挑战姿态，即使事态发展使爱玛逐渐服膺奈特利的判断并检讨自己的盲目自大,她也始终没有失去独立意识和自主判断力。(黄梅:《〈爱玛〉中的长者》)显然,爱玛的经济独立使得她底气十足地保有自己独立的人格精神与情感追求,这是她最终获得奈特利的尊重和爱情的至关重要的原因。

对于这种平等相待而两情相悦的爱情,简·奥斯汀总是带着些许揶揄和善的微笑来书写。当奈特利在伦敦听到弗兰克和简秘密订婚的消息后,立即赶回海伯里来安慰他的小爱玛,却喜出望外地发现他们俩其实早已心心相印,奥斯汀在此处的叙述里所饱含的微笑着的戏谑反讽几乎要从字里行间流溢出来了:

> 他看到她无精打采,心绪不宁。弗兰克·丘吉尔可真是个害人精呐!他听见她斩钉截铁地说她从来都没有爱过他。这样看来弗兰克·丘吉尔还不算十恶不赦!等到他们回屋的时候,她已经变成了他一个人的爱玛了,他不仅握了她的手,还得到了她的千金一诺。如果此刻他想起了弗兰克·丘吉尔的话,那他可能反倒会觉得,这小子还是蛮不错的!(《爱玛》第13章)

简·奥斯汀这种深谙世事、洞察人情的书写真真是智慧又务实的,这是她的作品穿越时空而广受喜爱的原因,她笔下主人公们的成长历程也就时时堪为人生参考了。

3.2　多丽丝·莱辛《暴力之子》

英国作家、诺贝尔文学奖得主多丽丝·莱辛的五部曲长篇自传体小说《暴力之子》用了十八年时间(一九五二年至一九六九年)写成,她以如此大部头的现实主义小说倾力书写自己的来路,在如此漫长的时间里,将自己浸淫于往事之中,不断挖掘,该是有多么刻骨铭心的记忆支撑着她!作为专业作家,她以文字燃烧自己,寻求涅槃重生。

莱辛的感情生活历经坎坷,她走过了三段不同的婚姻,晚年却孑然一身。她酷爱猫这种遗世独立又温顺傍人的动物,原因只在于猫比人类更易相处,当人类在各种争斗和心理挣扎中疲惫不堪的时候,猫给予人类最安宁的慰藉。莱辛自小痛恨母亲对她的掌控,痛恨母亲的一切,却怜悯和关爱残疾体弱的父亲,因而一直渴望强健有力(在精神上和肉体上),足以给软弱迷茫时的自己以支撑的理想男性。但莱辛是理性的,从来没有完整理想的男性形象出现在她的现实生活和笔下世界里。她的自传代言人玛莎·奎斯特有着惊人的敏锐力，能够非常清楚地辨明不同的男人对于她的意义和价值，他们要么启迪她的人生观念和道路选择（如犹太青年杰仕），要么给她物质享乐（如多诺万），要么给她政治上的群体归属感和走出非洲的希望（如道格拉斯），但无一可以满足她对人生的渴求，更无一可以餍足她不断的自我蜕变——没有理想的自我，更没有理想的他人。

作为公认的女性主义代表作家，莱辛坚称自己并非女权主义者，拒绝为女权杂志撰文，甚至表现出对一般女权主义社会和文化运动的厌恶。事实上，她拒绝女权主义，是拒绝激进女权主义的性别对立的观念，拒绝把女性解放问题当作一种政治事业甚至是宗教一般神圣的坚定信念，拒绝对女性问题狭隘化、抽象化、政治化、概念化的理解，就像莱辛所说，"她们需要各种口号和胡吹乱聊……凡我在政治上痛恨的一切，都被归纳在女性主义的神坛之上……这有点太狭隘、太愚蠢了"。其实，中外很多被视为女权主义代表作家的女性作家都拒绝女权主义的标签，如弗吉尼亚·伍尔夫、杜拉斯、丁玲、王安忆、陈染等等。在女作家的人生路上，已经有太多的障碍和束缚，历史、文化、伦理、情感和心理各方面都已经给她们树立起太多的镜像——母亲、女儿、妻子、情人、女职员、作家、艺术家、女疯子……世界对她们是异己的,多年来她们拼尽全力挣脱各种束缚,摆脱各种镜像的围困,她们只想放下这些世俗社会强加给女性的枷锁,回到跟男人们一样必须面对的基本问题——我是谁?我该如何跟这个世界相处?我该如何跟我自己相处?我的意义和价值何在?与男性作家的自传体小说相比,女性作家的写作必须绕过关于女性的重重镜像,拂开厚厚的尘烟,才能直面那个"我",她们同笔下的女主人公们一起,历经这个艰辛的过程。

莱辛的小说,从处女作《野草在歌唱》开始,核心主题之一就是被围困的白人女性寻求突围与自由。这个主题是她的人生写照,并一再重现于她几乎所有的现实主义小说之中。她是如此执着,以至于不惜代价,抛弃所有过去的自我,抛弃一双儿女,不惜尝试包括参加政治团体、吸毒、精神分裂乃至苏菲主义式的灵修等在内的种种方式。

《玛莎·奎斯特》中的少女玛莎对于人世间为女性树立的种种人生镜像都坚决拒绝——No, never, never, never! 这个句子在小说中重复出现,多达七次。每当她面临人生道路和生活方式的选择时,她总是以否定他人给她提供的女性镜像的方式来做出决定：母亲的专横与父亲的懦弱和夫妇之间的冷漠使玛莎决不要做母亲式的女人；凡·任斯伯格夫人因过度生育而臃肿不堪的体态令玛莎感到怀孕就是女人的牢笼；小镇上满怀种族歧视的人们让玛莎对黑人和犹太人心怀怜悯而不愿以狭隘的种族观待人交友；她拒绝多诺万把她当作无脑大花瓶来打扮，因为"这不是她自己，她觉得"；虽然她渴望获得团体归属感，但左翼读书俱乐部的阶级傲慢和排他性仍让她逃离；她渴望肉体的欢愉，但一旦感到人高马大的肌肉男运动员佩里只拿她当炫耀和发泄的对象，她即鄙夷地弃之而去；她一度认为成熟稳重的道格拉斯是可以交流思想、志同道合的灵魂伴侣，但很快便发现灵魂伴侣的虚幻性……在这镜像围城里，她一次次地扮演这些镜像，又很快将之粉碎，每换一次角色，她的心理和精神上都要经历一次蜕变。她清晰地意识到自己告别童年，告别少女时期后不知道到底要怎样，到底什么样的才是她自己，清醒之中又是如此迷茫。与此形成鲜明对照的是，她总是在揽镜自照欣赏自己的肉体之美时，才肯定自己作为女性的骄傲；她总是在对当下生活感到不满和困惑时想到伦敦，想到书里读过的远方，并清醒地、理性地选择义无反顾向前走。

　　阅读书籍是玛莎在镜像围困之中从不曾放弃和停顿的事情,她读狄更斯、托尔斯泰、雨果、陀思妥耶夫斯基、司各特、萨克雷,读叔本华、尼采,读《世界简史》《帝国的没落》和恩格斯的《家庭、私有制和国家的起源》,也读《关于犹太人问题》,更酷爱惠特曼和梭罗。她涉猎如此之广,却唯独不读"滋养和延续了先辈们的那些具有完全确定性的简单读物",包括宗教书籍,因为"这不是她直觉挑选的可以在她内心产生真实的杂音或引导她的那类书籍"。多年来,她阅读惠特曼和梭罗"就像有的人读圣经","她沉迷于诵读这些关于沉睡、死亡和心灵的诗篇",她问自己"为什么她是把这些诗篇当成仿佛是对某种放逐的肯定来读"。

　　阅读使她养成了超越周围人的视野和观念:她对黑人和犹太人这些受歧视者有悲悯之心且富于同情心;她在浑浑噩噩的俱乐部人群中总是能适时地拉开距离,审视观察他人,也反省自己,遏制自己随波逐流;在面对父母、朋友、同事的成见和偏见时她总能独立判断。当在运动俱乐部里拒绝跟随道格拉斯去他家之后,玛莎觉得自己回归了自我,她不再是那个"强装笑脸、阴沉乏味而又挑剔的年轻姑娘,或者假装高声大笑、喋喋不休的傻子。现在她获得了曾经失落的人格,回复自然。

她是她自己了"。当所有人都祝贺她"抓住了"道格拉斯这个不可能俘获的人,为他们的婚礼而兴奋奔忙,为他们年轻人在小镇上的未来而打算时,她的念头却是一心要离开这个非洲小镇去欧洲,尤其在听到希特勒占领波西米亚和莫拉维亚的消息时,她觉得去欧洲已经是"万分紧急,没时间浪费啦",急不可待地想要到更广阔的空间和更广阔的社会中去。来到小镇仅仅几个月时间,当她重回仅隔两个小时车程的非洲草原上那个破败的家时,她感到自己已是陌生人,童年已经远去。而欧洲,那个宗主国所在地,那片战火正酣的大地,又会给自己带来什么样的不同人生呢,玛莎已经等不及了……虽然她不知道前面的远方是什么样,未来的自己会怎样,前面的世界是什么样,她仍然义无反顾地选择离开,往前走,再往前走……

她的人生好像是可以无限延展的,就像她童年时坐在屋后橡树下读书,时时眺望着远方天际变幻的云,心里牵挂的是天空的星星和未知的太空世界。在后来的《完美的婚姻》《风暴里的涟漪》《干涸之地》《四门之城》里,玛莎·奎斯特就这样不停歇地往前走,她先后突破了传统文化语境里自我与家庭、爱情、情欲、友谊、婚姻、子女、社会、政治之间的一般关系限制，不断地探索自我的边界何在，最后甚至深入自我意识内部世界和太空世界中去，探寻自我的位置、价值和意义。

莱辛可不只是纸上谈兵，让自己的代言人玛莎·奎斯特在自我探寻的无限世界里去历险。事实上，作家本人正是这种历险的身体力行者，她的现实生活如此，她的写作亦如此。在完成一系列现实主义小说之后，她转向浩渺宇宙，迷上了科幻小说。之后，又干脆玩起匿名写作。当功成名就、声誉卓著之时，她刻意以笔名简·萨默斯出版小说《简·萨默斯日记》，使作品与自己的本名多丽丝·莱辛"保持距离"，看看会发生什么事。"这个实验最清楚地表明了莱辛的清醒，她知道，就像《天黑前的夏天》里的凯特·布朗所意识到的一样，人的身份太脆弱了，并不是通过别人认可，就会得到确认。她一生都在和别人对自己的定义做斗争。一次又一次，她试图去确立一个由她本人来定义的自我。用笔名来写作，就好像是去看看，多丽丝·莱辛是否有一个更深层次的自我，一个即使隐姓埋名，也可以通过写作得到认可的自我。"（卡罗莱·克莱因：《多丽丝·莱辛传》）

多丽丝·莱辛的自传体小说中的自我意识显然是复调的、对话的，她对自我的探索之深、之广、之执着,中外文学史上少有匹敌之人。从马可·奥勒留到卢梭、托尔斯泰、梭罗,男性作家的自传或自传体小说并不需要首先突破文化传统、伦理、环境、政治、经济等种种因素为性别特别树立的规训性镜像,他们只需要直面自我,剖析自我,以忏悔自赎,以立言立身。莱辛这样的女作家却要把真实的个体的女性自我与社会要求的性别规范的种种镜像剥离开来,这种剥离是如此痛苦和分裂,使她看起来就像个与任何他人和社会都格格不入的另类,甚至自我本身也难以融合为一,以至于《金色笔记》里的安娜要用五本笔记来记录女性自我难以弥合的裂隙。

虽然痛苦,但莱辛并不惧怕这种裂隙,她相信苏格兰心理学家 R. D. 莱英的理念:"如果人类幸存下来,我相信,未来的人类在回顾历史时,会把我们这个开明的时代看作是名副其实的黑暗时代。……他们会认为,我们称为'精神分裂'的状态,不过是光明开始透过缝隙,穿透我们过于封闭的头脑的一种形式而已,它通常通过非常普通的人表现出来。"(卡罗莱·克莱因:《多丽丝·莱辛传》)可见,这个女人的格局是有多大!

走在伦敦街头的玛莎·奎斯特心里揣着非洲故土上那个坐在屋后树下做梦的女孩,"看着眼前广阔炎热的风景,和头顶上鸟儿展翅、白云朵朵的天空",这时的她是单纯而自由的。伦敦使她感到从未有过的另一种自由——"住在小镇里就意味着不论走到哪里,都得把自己藏在面具之下,而来到完全陌生、不识一人的大城市,首先最重要的,就意味着——自由:没有压力,没人在乎,不需要面具……玛莎就像一只随风飘荡、上蹿下跳的气球,没有限制,没有约束"。她清楚地知道,"自从她来到伦敦之后就一直是独自一人,而且意识到她一生中一直是独自一人。这种感觉不是她的敌人,而是她的朋友"。她享受这种自由和自立自强的感觉。为维护和保护这种自由与自立,在备受父母压抑的童年,她就创造了"玛蒂"这个另一重自我人格以应对陌生险恶的生存环境:"'玛蒂'这个极具欺骗性的人格,这个喜欢扭屁股,既性感又时髦的女孩……从任何其他人必须遵循的规则中争取自由,并不是无视规则,而是在到了应该表现顺从的时候,刻意装得笨手笨脚来争取豁免。"她无比珍惜这种自立、自尊和自由,决不仰息于他人的保护(控制)之下,无论父母、男友、丈夫、女友或同志——一旦在与他们的关系中产生被控感、压抑感甚至依赖感,她就宁愿选择离开,再次出发,然后一直走下去,"日复一日,夜复一夜,走街串巷,经过一片房屋，又一片房屋，再一片房屋，她直接走过去，不顾那些明亮沉闷的屋子里，人们躲在百叶窗或者窗帘之后投出的异样眼光"。她清醒而强烈地意识到"这就是她，是她的本性，和玛莎这个名字，或者其他曾经用过的任何名字都没有关系，和她的面孔、身材也没有关系"。

从《暴力之子》第一部里的十二岁少女到第五部《四门之城》里三十出头的成熟女人，玛莎·奎斯特真正完成了自我意识的成长，可以自信地面对来自自身欲望情感、他人诱惑和团体规训的种种挑战。在这个成长过程中，作家始终以十九世纪现实主义小说般冷静审视的叙事语气伴随着女主人公往前走，既以玛莎充满警惕的眼光观察周遭世界，同时又以第三人称全知全能叙述视角剖析玛莎的心理与意识，有时还采用其他人物的视角来展现客观环境，多方位、多角度、多层次的叙述避免了单一维度造成的人性盲视和道德偏见。

自传"不是给我们展现个人生涯客观的阶段——这是历史家的任务——而是揭示创作者给他自己神话般的故事赋予意义的努力"（程丽蓉：《镜像·自我与格局——多丽丝·莱辛与张洁的自传体小说比较论》）。自传体小说当然更不是客观历史，作家必然在赋予自己的故事以意义的行

为里显现出其自身的价值立场和关怀。

终生爱猫的多丽丝·莱辛曾为猫写下《特别的猫》一文,她写道:"了解猫儿,与它们相伴一生,留下的是一堆伤感,一堆与对人类完全不同的伤感——那是一种复杂的情感,既为它们的无助感到悲伤,又为我们所有的人类感到愧疚。"正如翻译家黄梅女士所说:"莱辛无意在小故事中展开有关文明的理论探讨。她只引领自己和读者多少挪移立场,试着想象一下其他生物——尤其是猫(particularly cats,相对于 only a cat)——的主体性生存。"在《四门之城》第一部分,莱辛借用美国作家雷切尔·卡森《海的边缘》的一段话作为题记,"从这条海岸线的本质和意义上来说,它并不仅仅代表着陆地和海域之间不稳定的平衡。它宣告着一种真真切切正在持续发展的变化,一种由生物的生命过程所带来的变化",这条海岸线就仿佛是玛莎·奎斯特(也是我们每个人)的自我人格,在自我与他人、自我内在世界与外部世界、自我与自我持续碰撞的顽强抗争中建构起来,猫也罢,人类也罢,女人也罢,男人也罢,每一个生命都因之而富有意义和价值——这是多丽丝·莱辛的价值取向。

莱辛的《暴力之子》这样执着的自传体书写令

我们反省德尔菲神庙上那句铭文"认识你自己"，心生更多的敬畏与谦卑。然而与此同时，我们不能不强烈地意识到，女性建立起独立的自我人格，维护独立的自我价值、独立的自我心灵多么重要。传统中国妇女对男性的依附意识使得女性自我往往纠缠于琐碎的恩怨情仇之中，陷于自我中心意识而不自觉。裴多菲诗云："生命诚可贵，爱情价更高。若为自由故，两者皆可抛。"在人生价值的天平上过于崇尚爱情可能恰恰是中国女性的致命弱点，而一旦把自由，即人格独立、精神情感独立，作为人生价值的最高追求，就会将囚禁的自我释放到更大更广阔的格局中去，为自己也为他人不懈奋斗，如此才会赢得真正的爱与尊重，使生命充满意义。多丽丝·莱辛正是以她自己的人生及其自传代言人玛莎·奎斯特的故事为我们喻示了这幅美丽的生命图景，引领读者心灵上升。

3.3 芭芭拉·金索沃《毒木圣经》

作为后现代社会重要的文化景观之一，"经典反思""经典重写"自二十世纪九十年代以来蔚为壮观，最令人瞩目的系列就有重写神话传说系列、重写莎剧系列、重写童话系列，以及以经典文本《简·爱》《远大前程》和《黑暗之心》等为前文本的

系列重写文本，等等。阿特伍德重写《奥德赛》的《珀涅罗珀记》、重写《黑暗之心》的《神谕女士》，厄普代克重写《哈姆莱特》的《葛特露与克劳狄斯》，简·里斯重写《简·爱》的《藻海无边》，都是从性别角度重写经典原著，达到了很高的艺术水平。芭芭拉·金索沃的《毒木圣经》也是从性别角度重写了康拉德的经典名著《黑暗之心》，同时也重写了《圣经》中著名的"出埃及记"和"罗得之妻"的故事，讲述了白人女性在非洲异族文化背景中的成长故事。

芭芭拉·金索沃《毒木圣经》的出版被称为现象级文学事件，该书曾高居《今日美国》畅销书榜长达一百三十七周，创历史纪录，被《纽约时报》《洛杉矶时报》评选为 2016 年度最佳图书。小说讲述美国佐治亚州的一位在"二战"中幸存的牧师带领妻子和四个女儿远赴刚果的热带丛林传教的故事。他们自己之间以及与非洲本地人之间在关于自然与社会、文化与宗教、经济与政治、信仰与天性、自我与他者、个体与世界等错综复杂的关系中不断发生矛盾与冲突、妥协与对抗、融合与分裂，最终每个人都走出了截然不同的人生道路，正如奥利安娜回首往事时所深深体味到的那样——"人能拥有的只有自己的生活"。

这部小说的书写也像"自己的生活"那样丰饶：妖娆多姿、变幻莫测的自然万物,饱满多汁、细微切肤的生命体验,瞬息万变、如影似梦的感官印象,颤动神经、惊心动魄的幕幕场景,纤细入微、千差万别的心理悸动,各具特色、各怀心思的人物形象。小说展现了从"二战"到刚果殖民时期的宏阔背景下密密实实的现实生活细节:饥饿、干旱、蚂蚁、暴雨、洪水,食物、衣装、种植、交换、打猎;生育嫁娶,布道洗礼,民主投票,监禁暗杀;沉思细察,回忆感伤,怨恨宽宥,忍让反击。如此种种想象与现实交织纷至沓来,令人沉浸其中不能释卷。在小说丰腴的文字中奔腾着情感的热流,翻涌着或沉静或激昂或单纯或深厚的重重思索,召唤读者多维度地进行解读,其魔力恰如其原文本《黑暗之心》。

小说显然以多种方式向《黑暗之心》致敬,比如写一九六〇年六月三十日刚果独立日,帕特里斯·卢蒙巴以天赐的口才演讲道:"我们要同心协力建立一个正义、和平、繁荣、伟大的国家。我们要向世界展示,黑人在争取自由的时候,究竟能做什么。我们要使刚果成为整个非洲的光明之心。"不言而喻,"光明之心"直指因康拉德之作而闻名的"黑暗之心"——刚果这个人文地理空间。再比

如,奥利安娜暮年反省人生之路时,意识到"我花了很长时间才理解自己付出了多么不堪的代价,甚至上帝都不得不承认自由的价值。你们怎么对我说,你当像鸟飞往你的山去?那时候,我栖居于黑暗之心,彻底被婚姻的形状束缚,几乎看不到竟然还有其他的路可走。和玛土撒拉(注:养的鹦鹉)一样,我也在自我的囚笼中畏葸不前。尽管我的灵魂向往群山,但也和玛土撒拉一样,我发现我没有翅膀"。这里的"黑暗之心"一如康拉德的"黑暗之心",虽然主体换作女性,却同样喻指被外物所束缚的心灵,康拉德笔下的库尔茨是为名利所羁,而奥利安娜则是为婚姻,为妻子、母亲之责,为屈从男性的女性意识所困。

小说对《黑暗之心》最诚挚的敬意在于将主人公库尔茨化身为四:埃本·阿克塞尔罗特,牧师拿当·普莱斯,福尔斯教士,以及奥利安娜·普莱斯。埃本·阿克塞尔罗特是库尔茨等具有突出特征的西方殖民者代表——见利忘义,掠夺成性。黄金钻石是他在非洲唯一真正感兴趣的东西。在非洲的政治权力斗争中,他凶残狠毒,唯利是图,毫无信义可言。牧师拿当·普莱斯是为征服刚果的野心所奴役的库尔茨,他一心想以洗礼的方式,让刚果人匍匐于上帝脚下,以基督教信仰征服刚果人的灵魂,哪怕牺牲妻儿、牺牲自己也在所不惜。同库尔茨想要以西方的所谓文明进步来拯救非洲一样,拿当也将《圣经》和基督教与蔬菜种子一起作为"文明进步"的种子带到刚果,想要以征服来"拯救"刚果人,他们都是极端的理想主义者和偏执的自我中心主义者(西方中心主义者)。他们最后的结局都是疯狂致死。教士福尔斯发展了库尔茨形象的另一面,即理解和接受非洲文化,融入当地人生活之中,受到当地人的敬畏爱戴,甚至收获了非洲情人(爱人)的爱情。他们都因为接受并融入非洲文明而遭到西方白人社会的唾弃,被视为疯狂之人。事实上,所谓"疯狂"只是他们对非洲文明的态度、思想和言行不容于西方主流社会而遭到贬斥而已。《黑暗之心》时期的库尔茨正是在自我与他者、西方与非洲的文化和身份冲突中,在现实物质利益诱惑与拯救非洲理想的冲突中迷失了灵魂的殖民主义者,而福尔斯教士则在这种文化和身份冲突中成功地超越了西方中心主义、殖民主义和种族主义偏见,成为真正的世界主义者和种族宗教平等主义者。他同各个教派保持开放合作的态度,从各个教派那里争取食物和资源来帮助刚果人。在他眼里,"这里的人都很智慧,对周围的生灵世界有着了不起的感受。蒙受

着自然的恩泽，他们对此都很谦逊"。他说："我们都是嫁接到这棵大树上的枝条，普莱斯太太。非洲这根了不起的根茎滋养着我们。我希望你能获得智慧和上帝的仁慈。"显然，他尊重和深刻理解非洲文化和非洲人，清醒地认识到西方殖民者与非洲人之间的关系，以及非洲文化对西方人的影响力。

小说对《黑暗之心》最意味深长的戏拟莫过于对奥利安娜·普莱斯这个形象的塑造。她来非洲并无明确目的，只是随丈夫前往，是盲目的跟随行为——"我丈夫信心十足，我的孩子们需要照顾，我就这样不由自主地被卷进了这股激流和暗流（注：指欧美对刚果的殖民）当中"。她仿佛是库尔茨前传中的懵懂少年，只是跟随非洲殖民大军卷入历史的洪流，却不料这完全改变了自己和家人的生活，更彻底改变了自己的灵魂与命运。她和她的四个女儿仿佛是少年库尔茨的孽生——来到非洲，仿佛亚当和夏娃，因为"上帝"（拿当·普莱斯）的"创世记"之举而被投入完全陌生的世界，从头开始，一切皆有可能：或者如露丝·梅那样单纯、天真、善良，充满好奇探索之心而终于被毒蛇吞噬；或者如利娅那样思索，反抗不屈，接纳非洲文化，反思、反抗西方中心、父权中心、白人中心，而终于实现自我成长；或者如蕾切尔我行我素、沉溺自我，对他人、家人都漠不关心，现实地掠取各种利益好处；或者如艾达那样着迷于非洲万物，观察、思考人心人性，因身有残疾而独能深味偏见和歧视带来的伤害，最终超越狭隘的种族和亲情羁绊，以科学研究造福人类和自然。

《毒木圣经》还将《圣经》中著名的事件作为符号，进行了具有强烈性别意义的重写，其一是"罗得之妻化为盐柱"，其二是"出埃及记"。

《创世记》第十九章讲述的罗得之妻的故事无疑是《圣经》中除伊甸园中的夏娃之外有关女性的最为著名的故事。这个故事包含了非常丰富的意蕴，对其的解读历来争议颇多，其中主要集中在这几个方面：①罪与罚，顺从与违抗，上帝的严厉与恩慈；②留恋尘世与坚定信仰；③信仰的代价与世俗伦理之矛盾；④追悔过往与珍惜当下、关注未来；⑤罗得之妻回望之因。第五个方面乃难解之谜，诺贝尔文学奖获得者、波兰诗人辛波斯卡曾写下《罗得之妻》一诗，揣测她在逃离索多玛城时出于种种原因回头而丧命，告诫我们要一意向前……这个故事作为一个如此多义的符号，如何进行解读最可凸显其主体性问题？蕾切尔印象深刻的是罗得的女儿们和妻子所受的欺凌，关注的是性别问

题；她的父亲、神父拿当却只彰显主的威权使罗得虔诚，而罪人则受到主的剿灭，关注的则是权力问题。

"罗得之妻"作为符号，前述几种意义在小说中均有呈现。值得注意的是，它改变了《圣经》中以上帝和罗得为主的角度。真正赋予"罗得之妻"以名的是奥利安娜，作者从她的角度重述了故事——"我因总是回首往事而致盲，就像罗得的妻子"。她跟随丈夫和女儿们来到刚果的基兰加，就如罗得带着妻子和女儿来到索多玛城，在这里，罪与罚、恩与仇、世俗物质与精神信仰、悔恨与救赎，一一上演。不同的是，在基兰加，物质极度匮乏，而拿当的信仰意志却坚定到偏执、不顾一切的程度。在现实种种困境之中，奥利安娜刻苦地维系一家的物质生存，在现世种种残酷中逐渐领悟到基督教的外在形式和欧美殖民者的民主之虚空，从顺从丈夫到逐渐失望、怀疑，到最后的绝望、反抗，在痛失幼女之后，毅然带领女儿们离开基兰加离开丈夫。她常沉浸于对爱女的怀念与对往事的追悔之中，但这并不妨碍她投身到非洲的慈善行动中。

不仅如此，奥利安娜也是《黑暗之心》中库尔茨的未婚妻和对非洲情人的颠覆性重写。在前文本中,库尔茨的未婚妻和情人虽然分身白人与黑人、欧洲与非洲、"文明世界"与"野蛮世界",却都痴心于库尔茨,甚至到了以他为信仰和支柱的程度,她们顺从和仰望库尔茨,因爱而美化他,深陷欺骗之中而不自知。小说只是从马洛这个库尔茨故事的旁观者角度侧面描写了这两个女性,她们的心路历程是被隐埋遮蔽的。

《毒木圣经》则照亮了这两位阴影中的女性,将之合而为奥利安娜。作为妻子和母亲,奥利安娜曾经以丈夫为方向,"当男人谈起国家利益,说那也是我们的利益时,我就信以为真地以为我们大家都应该这么去做。结果,我的命运就和刚果铸在了一起"。在丈夫拿当狂怒之下赶走玛玛·塔塔巴和鹦鹉玛土萨拉之后,奥利安娜才醒悟道:"我也不过是那些女人中的一个:每当她们的国家通过战争征服他国时,她们便全都缄口不言,只是挥舞旗子。有罪抑或无辜,她们都输得两手空空。而所输的便是她们自己。妻子就是土地,再三易手,满身伤痕。"奥利安娜忙着操持食物、家务,但仍然喜欢美的东西,比如她心爱的骨瓷盘子,但拿当却认为她是在浪费时间,老是去关注尘世的东西,并因此而感到羞耻和愤怒,将盘子一摔两半。物质对于她是生活的底子,"当你的孩子食不果

腹,当你发现山雨欲来时全家人的衣服还晾在外面,那么基本上,征服、解放、民主和离婚,这些词都毫无意义"。女人们才是承担起生活重压的人。

生活的重压也成就了她们,让她们在"地狱与硫黄"的考验中成长为独立、自强、自由的女性,成就了女性版的《出埃及记》——小说第五章直接就命名为"出埃及记"。《出埃及记》是摩西在上帝的指引和帮助下带领犹太人回迦南地的神圣之旅,是从埃及人压迫下出走的解放之旅。《出埃及记》里的摩西本应该是男人拿当,但非洲的现实语境造就的却是女摩西奥利安娜,是一个在失去爱女的极度悲伤之中彻底觉悟,携女逃离的母亲、女人。这场出走不是依照上帝的指引走向流着奶与蜜的特许之地,不是依靠上帝的拯救,对奥利安娜来说,"牵引着我离开,让我从一个地方前往另一个地方的,并非灵,而是肉"。滂沱大雨中,奥利安娜散尽家什,抱着幼女的遗体,带着三个女儿义无反顾地离开。这是忍无可忍的反抗,是自助与自救,也是女性冲破束缚走向自我解放之途,就生命个体而言,其神圣与悲壮毫不亚于摩西的出走。

奥利安娜的"出埃及记"(叛逆、觉醒)对于库尔茨的白人未婚妻和非洲情人(顺从、崇拜、盲目)

的颠覆，是从个体的肉身经验出发的，它不是关于民族史诗的宏大叙事，而是从个体生命点滴中累积起来的个人化叙事。这种注重个体生命经验的方式是典型的女性主义反抗男性逻各斯中心主义的方式。

从叙事上看，《毒木圣经》明显戏仿了《黑暗之心》，叙事以马洛探寻、体验、观察、分析并讲述库尔茨的非洲探险历程为主，同时又以回忆反省自身。奥利安娜及其四个女儿作为整体就是马洛，小说从她们的视角，以或实时目击或回忆往事的方式展开叙事，既体验、观察和分析库尔茨的化身拿当、福尔斯、埃本·阿克塞尔罗特、奥利安娜，同时也反省分析自身。虽然这五个女性性格迥异，言行举止、心理情感各有特点，但作为女性，她们的视角无疑是性别化的。她们站在女性立场上的观察和叙事，充分传达出不同成长阶段、不同心理性格的女性的不同体验和思考。她们各自平等，并不因奥利安娜是母亲、长者而将她当作中心，她们都是叙事文本的"非中心化的主体"。更重要的是，她们总是在变化过程中，不断地历经成长之痛。

在这种"非中心化""过程中的主体"的叙事视角烛照下，曾在《黑暗之心》中雄踞文本叙事核心和人物关系核心的男性征服者、殖民者库尔茨，就变成了《毒木圣经》里同样处于变化"过程中的"拿当和福尔斯了。初到刚果时，父亲拿当就是《创世记》中的亚当，"他立于地上，我的父亲，魁伟高耸如歌利亚，心地纯洁如大卫。他的发上、眉上、强劲的下巴上都附着了一层红土，让他有种与他天性极不相称的魔鬼般的相貌"，"他被遴选出来经受生活的考验，就像耶稣那样。由于总是能第一个发现缺陷和罪过，苦行赎罪的重任就落在了父亲身上"。作为神父，他也如神一般："父亲慢腾腾地将一只胳膊举过头顶，俨然罗马帝国时期的神祇，正准备抛下雷鸣和闪电。每个人都仰视着他，微笑，鼓掌，高举的手臂在头顶、裸胸的上方挥动。"然而，现实不断教育和引导五个女人（孩）逐渐走向觉醒，狩猎行动后，利娅完全不再崇拜和畏惧父亲的权威，奥利安娜和女儿们都不再执行他的命令。在对蛇的恐惧中，她们深深感到"现在，无论是黑是白，所有人全都深陷在这一口炖锅里了"，她们融入非洲人的生命体验之中了。露丝·梅死时，父亲在乎的仅仅是她还没有接受洗礼而不是其他，这时的父亲神像彻底垮掉——"他的蓝眼睛因战争负伤，稍微有点外斜，眼神空洞。他那泛红的大耳朵让我反感。父亲是个头脑简单的丑陋男人"。走出基兰加时,母亲完全替代了父亲,"她的两颊和下巴似盐晶一般闪烁光芒","她浅色的眼眸定定地望向远方,那是他(父亲)无法跟随前往的地方"。在带领三个女儿冲出基兰加之后,母亲奥利安娜返回美国,三个女儿各自探寻人生之路。在父亲神像的崩塌废墟上矗立起来的,是四个独立自信的女人。

这并不是一个简单的弑父成长的过程,每一步都是那么艰辛,每一步都是血肉、心灵、情感乃至思想熔铸的烙印,带着鲜活生命的气息与心灵的呐喊、沉静的思索,在互相的灵、肉、情、欲的挣扎与抗争中,不断地审视他人,也反省自己。她们的外在言行与内心世界都因相互映照而更加敞亮。

《黑暗之心》曾经将非洲森林塑造成与非洲人一样的黑暗、幽深、恐怖和神秘,又满是诱惑,一如男性主义传统对女性的书写。而《毒木圣经》一开篇就以生机勃勃、明丽斑斓的森林场景刷新了黑暗森林符号。奥利安娜与那头美丽的小兽之间由警惕到融洽的变化,女性与自然之间的合一,化解了《黑暗之心》朝圣者、探险者们与非洲森林、河流、非洲人之间的剑拔弩张。非洲大地在金索沃的笔下一再被替换成奥利安娜、妻子、女性,"比

如，利文斯通博士，不就是那个恶棍吗？他，还有所有那些牟取暴利的奸商，他们离弃非洲就如丈夫抛下妻子，让她赤条条的身子蜷缩着，围绕着子宫内空空如也的矿脉"。历经磨难的奥利安娜最终觉醒，她感到自己与非洲这么相像："在刚果，被劈砍殆尽的丛林很快就会变成一片鲜花盛开的田野，伤疤则会变成面容上个性斐然的装饰品。你称之为压迫、共谋、麻木，随便你怎么称呼，反正都没关系。非洲吞噬了征服者的音乐，唱出了一曲她自己的新歌。"

小说设置了一系列的符号去替换与延展：奥利安娜及其女儿们/拿当、埃本·阿克塞尔罗特＝女人/男人＝非洲/欧美＝黑人/白人＝被殖民（被征服、被掠夺）/殖民（征服、掠夺）＝自然/人类＝边缘（残疾、贫穷）/主流（健康、富裕）。然而，重要的是，这些在男权传统中通常的二元对立项在《毒木圣经》中却并非对立，而是相互关联、相互影响的——"我们最后全都将自己的灵与肉以各种方式留在了非洲……我们每个人都将自己的心埋进了六英尺深的非洲尘土里，我们都是这儿的共谋者"，"想要到丛林里去，按照基督教的那一套彻底地改变那个地方，却从来没想过丛林会反过来把你给变个样"。

再一次,我们深深感到金索沃想要传达的强烈女性主义精神,反对二元对立的逻各斯中心主义的符号系统,而代之以非中心的、非对立的女性主义符号观念——"力量就在平衡当中:我们的伤痕铸就了我们,一如我们的成就"。接受《解放日报·上观新闻》记者采访时,芭芭拉·金索沃说:"我希望这个故事足够广阔,有足够的空间让每个角色都能发现自我,最终完成对自我的救赎。"这部小说以精彩而成功的经典重写策略书写了白人女性在非洲文化激发下的成长之路,启迪着我们以更为开放广阔的视野和心胸去理解和接纳这个多元的世界与自我。

3.4　虹影《饥饿的女儿》与《好儿女花》

在现代以前相当长的中外文学史上,存在着女性被遮蔽、被边缘化的普遍现象。直至十九世纪女性主义思潮兴起以及小说这种叙事文体繁荣发展之后,这种现象才逐渐得到改观。对女性成长的书写也成为文学史的重要组成部分。而在中国,女性的成长叙事是五四之后的事情,现代时期众多女性作家的创作首先主要从自传出发,无形中形成了中国现代特有的女性成长书写传统。

中国女性写作的第一次高潮,出现在二十世纪初以"人的觉醒"为标志的新文学时期,代表作家包括冰心、陈衡哲、石评梅、庐隐、冯沅君、凌叔华、谢冰莹等。随着文学的发展和社会的进步,作家们的性别意识开始觉醒。丁玲的《莎菲女士的日记》等作品因大胆表现女性内心的"性苦闷"而惊世骇俗。三四十年代,萧红、张爱玲、苏青等女作家更进一步深入地书写了女性的处境与心理。七十年代以后,"女性意识的觉醒"被视为思想再次启蒙、人性复苏的人道主义整体话语,女性作家的创作再度繁荣,代表作家包括张洁、张辛欣、铁凝、王安忆、戴厚英、谌容、叶文玲、刘索拉、张抗抗、残雪、舒婷、陆星儿、乔雪竹、池莉、方方、蒋子丹、迟子建等,主要书写了中国女性知识分子与社会时代历史发展潮流之间的共生关系,特别是时代政治和社会生活对女性成长的巨大影响。只有到了二十世纪的最后十年,受到西方女性主义思想的影响,加上市场经济发展对人性、人欲的解放,女性自身的心理与身体才成为女性成长写作的焦点,受到广泛瞩目和集中书写。虹影、林白、陈染、徐小斌、徐坤、海男、张欣、须兰、卫慧等人,以特有的人生体验、独特的视角和极具个性化的叙述语言,创作了一批耐人寻味的女性题材作品。

这批女作家已经不再是脆弱的自恋主义者或痛苦的理想主义者，他们开始在性别意识的觉醒过程中表现年轻女性的生活现状、生存困境与挣扎反抗，全方位书写女性经验和女性心理、个人的生存体验和生命体验，她们的写作被称为"个人化"或"私人化"写作。当然，其中也有一些极端化的书写被疯狂的市场资本利用，作为噱头和营销手段，这又另当别论了。

虹影的创作恰好赶上了这一批女性写作潮流，她的代表作《饥饿的女儿》与《好儿女花》是自传体小说姊妹篇，叙述了六六和母亲两代女性的成长历程。不过，有差别的是，虹影说"《饥饿的女儿》是一本 100％ 的真实的自传体小说，主人公就是我自己"，而对于《好儿女花》，她却表明"这不是自传，这是自传体小说，虽然自传体小说中有作家的影子"。两部作品所演绎的女性成长和情爱故事，前后有交叠，但都在世事变幻之中激荡着男人与女人、个人与国家、历史与时代的交响。虹影游历交往颇多，其创作有鬼狐之变幻，但她的自传体小说《饥饿的女儿》和《好儿女花》却都逃不出生命里刻着的道道伤疤——私生女的出身，母亲的不凡婚恋人生，青春身体的受伤，姐妹同侍一夫，等等。现代中国男性作家常长于将个人创伤体验上

升为家国叙事,女性作家则更倾心于"自由伦理的个体叙事",以"伸展个人的生命感觉"。不过,这并不是说她的小说仅止于对个人生命历程的记录,事实上,这也是她们那一代人共同的生命记忆,正如有评论说:"《饥饿的女儿》属于中国,属于地地道道的二十世纪六十年代出生的一代人,特别是它所表现的那种几乎是不可重复的生命的生长方式,令我一望即感亲切。"(李洁非:《生于60年代——读虹影〈饥饿的女儿〉》)

《饥饿的女儿》书写重庆南岸肮脏贫穷、拥挤混杂的贫民区背景下,私生女六六和母亲的人生。贫穷,劳苦,空间拥挤狭小,母女间的关系紧绷,手足之间因饥饿而产生怨恨。贫贱人生的种种情形跃然纸上。主人公六六有着平常女孩成长期的种种苦恼,也有着其他人所不具备的超常敏锐的爱恨。她时时注视和观看着别人,也注视和观看着自己。十八岁生日时,她得知自己是私生女,这个平凡家庭两代人的隐痛创伤被揭开:母亲逃婚,从乡下来到重庆,先后嫁给袍哥、水手,又在丈夫出船久久未归的日子里,由于身体的饥饿和心灵的饥渴,爱上比自己小十岁的未婚青年,生下了私生女六六。由于特殊的出身,六六在家庭中感受不到任何的亲情温暖,饱受外人的嘲笑和讥讽,苦难总是如影随形,她被遗弃,被孤立,这样的经历促使她爱上了比自己大二十岁的如父亲般的历史老师。她放纵自己,沉溺于烟酒娱乐和性之中,试图麻痹受伤之心。

《饥饿的女儿》就是这样一个关于女性生存和反抗的故事。小说一开始展示了主人公"六六"的生存困境:极端贫穷,感受不到丝毫的亲情温暖,不被人注意,孤立无援,仿佛是一个多余的人。母亲虽卑贱丑陋,却在极其艰苦的困境中力图保护孩子,坚强面对生活。从娘胎里就带着饥饿记忆的六六:"每天夜里我总是从一个梦挣扎到另一个梦,尖叫着,大汗淋漓醒来,跟得了重病一样。我在梦里总饿得找不到饭碗,却闻到饭香,我悄悄地,害怕被人知道地哭,恨不得跟每个手里有碗的人下跪。为了一个碗,为了尽早地够着香喷喷的红烧肉,我就肯朝那些欺侮过我的人跪着作揖。"她的亲人和邻人们即便回顾饥饿时期也会深深恐惧。更重要的是,饥饿不仅是生理上的,更是心理情感上的。六六渴望身体接触,并不只是"性饥饿",更是对爱、对亲情友情乡情的极度渴望。在十八岁得知自己的私生女身份后,面对心灵与家庭的冲突,她离家出走,疯狂叛逆。对家的叛逃、对自我的放纵,只是为了逃避苦闷和压抑。最终

她发现了心灵解放之途——"写作,早晚有一天能解救我生来就饥饿的心灵"。

如果说在《饥饿的女儿》时期,虹影还基本停留于"自曝身世",以故事取胜的话,那么,在《好儿女花》中,重要的不再是故事,而是"我"如何面对这些"故事","我"从母亲、自己和姐妹家人的过往之中如何领悟人生之艰、人性之变,从时代变迁与世事沧桑之中领悟到家国之难与人世之复杂,从自我与他人的情感纠葛之中领悟到自己和他人的局限和升华,"因为懂得,所以慈悲"(张爱玲语),从而勇敢地面对新的生活和生命。

《好儿女花》在自传体叙事文本基础上做出了重要革新。她将原本只有"经历的自我"这一个时间态的自我分裂成两重身份:一是过去完成时的"经历过的自我",这个"我"与母亲共同走过坎坷人生路;二是过去进行时的"经历的自我",母亲去世,这个"我"在赴丧礼期间回忆往事并与亲友发生种种利益情感纠葛,在丧礼之后因新的爱情和女儿诞生而获得重生。"经历的自我"对"经历过的自我"形成审视、反省,二者因年龄变化、世事变化以及思想情感的变化而相互分立又骨肉相连。叙述者"我"作为"叙述的自我",在叙述过程中不断追问母亲和自己的人生真相,不断审视、反省、忏悔并自我开解。在"我"叙述的"经历的自我"的故事中,母亲的人生经历又被亲属、邻居、朋友等多个叙述者站在不同立场以各种形式、从各种角度进行了叙述,这使母亲的人生境遇和遭际呈现得波谲诡云、真假难辨。

值得注意的是,小说故意设置这些次要人物为叙述者,并以主要叙述者"我"的叙述和审视揭示这些叙述者叙述的不可靠性,建立起主要叙述者的正面形象,极大地获取了读者的信任和同情,令读者极易接受叙述者的伦理导向。这种叙事策略的成功运用既增强了故事的趣味性,又获得了极佳的伦理效果,可谓一箭双雕。小说的隐含作者"经验的自我"与"叙述的自我"既有相当的一致性,又有所疏离,介于作者"真实的自我"与"经验的自我"之间,站在过去与当下之桥上,既超越现实功利,又难以完全摆脱"真实的自我"的现实羁绊。相比较一般的自白式叙述,显然这种多重自我叙事结构大大增强了文本的表现力,也大大增强了文本的反思与自剖意义,有效地避免了一般的自白式叙述易陷于感性倾诉的弊端。小说中的自我身份负担异常沉重,分裂的自我与其他人物之间在心理、情感、思想上的距离亲疏变幻、复杂纷乱,倚靠这几者之间的互动关系而建构起来的

叙事伦理情境也因之繁复多姿，富有艺术魅力和思想情感冲击力。

《好儿女花》比《饥饿的女儿》更勇于揭开自身隐痛，更重要的是作家对待和书写这些隐痛的态度与方式，在于她深刻的忏悔意识。虹影坦言"这本书是关于我自己的记忆，是关于我母亲的故事，那些长年堆积在我心里的黑暗和爱"，借着新生的爱情和母爱，她试图以此书的书写来卸下黑暗和爱的重担，在忏悔和原宥之后获得救赎。她表示："一个人生活的不幸或失败，我们每个人都在找原因。我们会说是历史造成的，或者是我母亲造成的，却没有一个人说是自己造成的，从来都把这个过错归于别人，从来没有想到自己对多少人造成了伤害。我敢首先说自己是错的，这是我的勇气和人格。"

从《饥饿的女儿》到《好儿女花》，虹影以自己个性化的语言和叙事策略叙述了一个罪与罚的过程，一个自我忏悔的过程，也是一个原宥与救赎的过程，更是一个凤凰涅槃的过程。"忏悔不仅发端于良心的焦虑和不安，起源于对道德完善的向往，而且，还源于爱的复活和同情心的觉醒"，算得上是真正的"灵魂叙事"，其非凡的勇气和彻底的忏悔精神是当代文学所弥足珍贵的。

3.5 林白《一个人的战争》与陈染《私人生活》

随着西方女性主义理论借着第二次西学东渐之风介入中国,作为其重要理论主张之一的"身体写作"理论在二十世纪八十年代末以降的中国文学创作中引起了极大的震动,它与中国当下特有的社会文化、民族心理以及作家个人的生命体验和艺术取舍脉动共振。虹影之外,陈染和林白的"私人写作"更聚焦女性私人生活空间和心理空间,写出了属于当代女性的私己成长经验。即如陈染所言:"只有我的身体是我的语言","最个人的才是最为人类的","我只愿意一个人站在角落里,在一个很小的位置上去体会和把握只属于人类个体化的世界。这就是个人化写作或私人写作"。(陈染:《我是我自己的陌生人》)而林白则认为"个人化的写作是一种真正的生命的涌动,是个人感情与智性、记忆与想象、心灵与身体的飞翔与跳跃,在这种飞翔中真正的、本质的人获得前所未有的解放"(林白:《空中的碎片》)。

寂寥、孤清、迷惘、凄美地传达孤独女性独有的身体经验和心理体验,这是陈染的在九十年代的女性文学潮中引人注目的主要原因;耽于自我分裂的哲性之思,在个体自由与社会规约的矛盾中辗转不安,苦苦挣扎,这是陈染的作品在九十年代的中国独树一帜、鹤立鸡群的主要支点。她抛开写实主义对生活表象的再现和描摹,沉入生命的底部,开掘女性心理和感知的深度,跨越时空的幻觉与意识流动。对哲学、心理学,特别是精神分析学的长久的偏爱,使她拥有了进行这种独异写作的深厚哲性、智性基础和源源不断的思想供给。前辈哲人给予她的思想启迪与她对女性人生、心理、精神的刻骨体味和沉思冥想在这异常敏感又历经创伤的心灵深处所产生的轰鸣,使她努力将文学创作当成她唯一的武器,唯一的突破口,唯一的"门",文学承载了这位多思的女性由自身出发的对女性群体处境的深刻思考。

独特的主人公形象是使陈染之作成为独异性存在的重要原因。这个主人公外表凄美羸弱,面色有些苍白,表情带着些许忧戚、迷惘,时时绷紧的嘴角流露出她内心的倔强与执拗,眼神迷离而又充满幽思;她深谙西方哲学与精神分析学理论原理,拥有强烈的自我意识和性别意识,能敏锐地揭破他人的心理欲望,也常常深刻地解剖自己的精神和心理;她洞穿男女阴阳交错的秘密,对同性关爱既有着渴求与向往,同时又时时如刺猬般敏感、警惕；她食素、节欲，而又深感寂寞、空洞，渴望知音，而又时时陷于被背叛、被欺骗和被抛离的恐惧、绝望中；她的肉体在呼唤、坠落时，她的精神却会异乎寻常地清醒并苦苦挣扎；她孤傲地离群索居，拒绝无意义的人际纠葛，仿佛冷漠地拒人于千里，却对亲人、朋友有着强烈的责任感乃至保护欲，在受伤的时候宁愿一个人偷偷饮泣，甚至同情、宽宥她的对手；她遐思翩跹，却耽于行动，她拥有足够的反抗精神和自立、自强意识，却又只能以假想和幻觉代替自己采取实际防御与抵抗措施；她是如此自我地活着，却又散发着悠古的女性族类共通的气息，她彳亍而行的身影镌刻着千百女性留下的谜一般的印迹，正如她的私人写照——"时间是一个画家，我是一张拓片图画，是山峦的形状，岩洞的轮廓……这幅拓画本身就是一部历史，全部女人的生活都绘在这里"。她"纷乱的头发"般的复杂与矛盾迥异于以往和同时代其他的任何主人公，这"另类"的身影怎能不让人驻足凝眸呢？

两性间的战争和同性间的战争，仿佛是女性作家最钟爱的主题。陈染亦如此，她的"这一个"女主人公就是这没有硝烟的战争中的弱者。正因如此，在"黛二小姐""水水"们的象征性经历中，还

寄寓着作家对女性,乃至人类更为广阔和高远的人性关怀,她以这些女性丰富的个别经历构筑起飞升的平台,更具深意地揭示出女性处境的象征性内涵——社会公共权力与弱小个体间的战争,强势群体与弱势群体间的战争,主流文化观念与边缘生存间的战争。《另一只耳朵的敲击声》中,黛二与母亲之间即这种相互纠合关系的具象化写真。黛二"从来都喜欢禁忌的事物",而母亲却总是监视着她,窥视着她,倾其一生精力来规范她"永远做母亲的好孩子"。黛二能做的只有徒劳的逃离,在异乡魂不守舍,想念远方孤独的母亲。《嘴唇里的阳光》以牙医和黛二间的关系象征性地传达出社会权力、权威对个体生命的规约和奴化,以及个体生命对社会权威既排斥又有所期待乃至有所依附的矛盾与尴尬。《无处告别》也展现出这种个人与权力间的永恒冲突,她仿佛对语言乃至世界都抱有疑虑,但又充满好奇和某种朦胧的渴望。而《空心人诞生》作为一个更具寓言性质的小说,则以一个同性情谊故事来承载这种痛苦、迷惘和困惑,力图实现从有限的现实个体存在向无限的形而上的延伸,从而使血肉丰满的女性之躯深具哲性魅力,这是陈染超乎其他作家而更拥有深度和独异性特征的又一表征。

"黛二清楚,她既是分析者,又永远是被分析者。这种自省意识,使她如此深深地绝望。"(陈染:《另一只耳朵的敲击声》)——陈染和她的女主人公们总处在这双重身份的煎熬之中。正像作者自身潜在的精神分裂一样,她的精神是阳春白雪,而肉体却摆脱不了下里巴人,这种永恒的痛苦折磨着黛二,也折磨着陈染。也正是契合于主人公这种双重身份意识和心理病态——幽闭症、精神分裂和冥想症,陈染非常聪明地屡屡因事生文,分裂叙事,借此营造出虚实结合、现实与想象共存的迷离惝恍之境。运用了这种策略的作品在陈染的创作中可谓俯拾皆是:《时光与牢笼》《私人生活》《麦穗女与守寡人》《沉默的左乳》《另一只耳朵的敲击声》……对于来自外界的各种压力和伤害,敏感而倔强的女主人公不是将她的不满与反抗诉诸行动,而总是反诸内心,求助于自己的丰富幻觉和想象力,沉浸在虚拟的抗拒和反击状态中。面对男教师的无端羞辱,倪拗拗一面在想象中诉诸了激烈的反抗,一面却在现实中逆来顺受或者保持沉默;面对上司的挑剔和冷酷,水水一面以幻想中愤然写在墙上的诅咒加以反抗,一面却在现实中保持了一贯的顺从和乖觉;守寡人一面在脑海中与自己喜爱的年轻理发师共度良宵,一面在社会规范下的现实中,默默望望理发店空空的门,然后带着自己孤独的影子离开……无疑,这种看似仅属于病态女主人公个体的精神现象,实际上乃是千百年来仰息于男权制度、文化统治和压抑下的女性群体凄苦处境的象征,同时,这种分裂叙事还隐掩着女性作家的心理创伤。

有时,陈染小说是精心策划、颇具匠心的。虽然她喜用第一人称叙述形式,但在许多情况下,她又十分巧妙地采用第一人称内视角与第三人称全知视角交互出现的方式,编织出人心、人情间的繁复图案。譬如《另一只耳朵的敲击声》,以第三人称全知视角站在黛二小姐的角度复现出她所处的生活境遇,以及她与母亲、名叫"伊堕人"的寡妇、名叫"大树枝"的男人之间的关系,而用第一人称内视角形式,让母亲、"伊堕人"、"大树枝"分别在某种场合出现,以剖白各人内心世界的所触所感。二者交叉往还使用,不仅描绘出黛二生活的现实物质场景,更清晰揭开了她身处叵测人心之网中的可怖精神生活。除具有丰富故事内涵的功能外,这种叙述形式还是作者实现自己"是观察分析者,同时又是被观察分析者"身份和意识的有效策略,特别是当述及一些敏感的性场景时,第三人称的插入使用,因其与主人公拉开了距离而具备更

清醒的观察分析功能,从现实的意义上说,也可使
书写者一定程度地摆脱被读者与主人公混同而遭
窥视或诟病的不利位置,以她为主体的"自叙传"
长篇小说《私人生活》就成功地实施了这一策略。
有时,陈染小说的叙述又如她的写作状态一样随
意——"右手边放上一杯醇香的绿茶,我的思维和
神经如同我家里的那株龟背竹的茎叶,当茶水慢
慢被'浇灌'进我的身体里边去之后,那些'茎叶'
很快就活跃起来"。在《凡墙都是门》《饥饿的口
袋》《巫女与她的梦中之门》等等作品里,我们仿佛
可以从中看到作家的思绪是怎样如八脚虫般爬行
开去,她让我们仿佛目睹了那灵泉之水是如何徐
徐舒展的,所到之处,即奇迹般触手生香。这种叙
述方式令我们想到张爱玲的芬芳的沉香屑与一炉
炉青烟袅袅的焚香。不过,张爱玲更沉浸于对生
命现实存在的悲悯情怀,而陈染更耽于对生命意
义的哲理思索和理性追问。同时,这种写作又如
六弦琴被无形的手指深情地拨动,流淌出回环往
复的节奏旋律,是那么凄美、忧戚、婉转、幽雅,弥
漫着淡淡的愁思和说不尽的寂寞孤独。这种节奏
似乎颇为陈染所钟情,她的多部作品均不厌其烦
地轻拂出这幽幽的琴声,如《私人生活》以"时光流
逝了而我依然在这里"始,又以这首幽怨的歌结

束;《时光与牢笼》以水水躺在床上遐想始,又以她在遐想中被丈夫惊醒终;《站在无人的风口》始自"我"受"玫瑰之战"的历史故事触动,欲写一部书,却浅尝辄止,将草稿焚毁,又终于把最后一页书稿扔进火炉……在这旋律里,有低哑的女声反复吟唱着"请为我打开这扇门吧我含泪敲着的门,时光流逝了而我依然在这里",与亘古以来的千万女人心灵共振……

以飞翔的姿态传达个人体验、书写个人记忆,奋力冲破被集体叙事和男性叙事双重覆盖的威胁,在女性个人化写作的荒原上播撒下激情的种子,让"生命的液汁"无羁绊地流淌,这就是林白的写作。

与另一位从边缘小镇迁徙到大都会的现代小说家沈从文相似,林白总喜欢以两副反差很大的笔墨书写她生命中的土地——她的家乡(那个亚热带南方小镇)和她为之付出种种艰辛以求立足的城市。她用布满后现代性特征的叙述方式,以碎片式、平面化叙事书写都市生活映照在她的心灵、情感世界上的现实与虚构事件,在这里,人们躁动不安、钩心斗角、孤独迷乱,常常在"致命的飞翔"中丧失自己。虽然,这类作品多数具有较强的实验性特征,就像作家自己曾构想的"它既能包括音乐、绘画、电影、戏剧，也是诗歌也是散文也是新闻也是文献，当然更是独白、梦幻、想象、私语，像一个大花园，有各种颜色和气味的花"，但这叙述形式上的花样翻新却掩不住城市生活的贫乏和干枯、城市人的浮躁和空洞，如同《守望空心岁月》中那场名为"先锋实验"的话剧，实则只是金钱胡编乱造的空洞无物的荒诞表演；而对于久违的故乡往事，林白的笔触又是那样复杂矛盾，它既温馨亲切，又遥远陌生；既舒徐流畅，携着南方湿润、阴凉、芳香的令人迷醉的神秘气息，又处处充溢着隐隐的不安和威胁，留着无数细细密密的伤痕；既为那些美丽而无辜的生命，也为那些无知愚昧而又善良悲苦的青年。正是在这一类作品中，我们更能欣喜地发现那些饱含液汁的生命之树，倾听到作家"个人记忆"中"往事的某个瞬间所携带的气味、颜色、空气的流动与声音的掠过"。特别是当林白把两副笔墨、两种场景交叉编织的时候，如在她的《同心爱者不能分手》《守望空心岁月》中，我们更会强烈地感到，林白骨子里是沈从文式的乡土依恋者。她反复摩挲着故乡北流的往事，在多部作品中咏怀那青苔遍布的天井、幽深黑暗的走廊与阁楼、娇艳欲滴的指甲花、人们赤脚走着的沙街、绕镇北流的背带河和河上悠然生活的船家、小

镇上各式各样的小商贩,唱《白毛女》的美丽的姚琼和体态优雅的音乐老师邵若玉……虽然她的《寂静与芬芳》太像萧红的小说,特别是萧红的回忆性长篇《呼兰河传》,两部作品同样地主要采用了儿童(未成年人)的叙述视角、顺藤结瓜的结构方式,而且还具有相似的怀旧色彩、感伤情怀,就如《寂静与芬芳》的题记——"在深夜里,在寂静中,以文字的芬芳献给故乡的亡灵",但是,林白并不着意于更深入的人性挖掘和更具厚度的文化追寻,只是为故乡、为往昔献一缕心香,慰藉那位辗转于都市、迷失了自我的女人枯干的灵魂,她正在真实的自己与虚构的自我之间困惑着,混沌着。

同是八十年代末以降的代表性女性作家,陈染的女主人公们最惯常的形象是秃头女、守寡人、巫女和在禁中的守望者,她们耽于内心生活,有自闭倾向,精神分裂地自己跟自己鏖战。她们总是处于"残缺"状态,从精神到肉体处处布满"饥饿的口袋",渴望成为完整的人,不依赖他人、人群而存在,离群索居几乎成为她们生活和生命形态的双重写照;而林白的女主人公们则有些不同,她们虽然也常常深感公共群体对女性生命和精神的强大而无形的压迫,有的甚至以死发出微弱的抗议(如《寂静与芬芳》中的若干美丽女性),但她们主要的行动趋向却是向人群走近，就像《瓶中之水》中的二帕、《一个人的战争》中的多米那样，设计时装、开时装展览会、写诗、做编剧、参加高考、只身漫游西南，这些都既是她们为证明自身价值、突出作为一个弱小女性的存在意义所做出的种种努力，又是她们欲出人头地的晋身之阶。为实现理想，二帕不惜牺牲肉体、友谊；多米是那么想惹人注意，想获得他人的尊重和重视，甚至在孤身旅游时不惜冒失身危险，毫不设防地宣称自己是"一个人"旅行。在这里，如果要对其做价值评判的话，我们不可避免地会陷入这样的矛盾中：她们孜孜以求冲破世俗以凸显女性个体价值和主体形象的一面，令人备感女性成功的艰辛、女性在男权统治的社会里寻求主体独立的磨难，从而不能不发出由衷的赞叹和无尽的感慨；但她们在上下求索的过程中，时时流露出的急功近利心理和以身体为交易之资的行径，却相当程度地抵消了她们思想行为的反抗性意义，多少沾上了庸俗之气。也许这正是林白有别于陈染及其他作家而具有的独特性，她不是不食人间烟火地徜徉于弥漫陈腐、没落气息的私人空间，而是在人间风雨飘摇中、人事沧桑变化中去描画女性孤独无依的身影和倔强挣扎的面容。正像她自己宣称的那样，或许她

是在"超道德写作",抛开社会道德的羁绊,她更
得以充分展露出女性人生的矛盾性和复杂性。
看她的代表作《一个人的战争》,我们可能会对
此更为明了——"美丽而奇特的女人,总是在我
生命的某些阶段不期而至,然后又倏然消失,使我
看不清生活的真相。生命的确就像一场梦,无数
的影像从眼前经过,然后消失了,永远不再回来,
你不能确定是不是真正经历过某些事情","想象
与真实,就像镜子与多米,她站在中间,看到两个
自己。真实的自己,镜中的自己。二者互为辉映,
变幻莫测,就像一个万花筒"。所有这些,以及后
文提到的房东梅琚镶满镜子的房间、老妇人神奇
的相机、《回廊之椅》中塑造的朱凉令多米面对镜
子展开意念漫游等等细节,仿佛一再地暗示和提
醒我们:这是一个女性寻求"自我主体"的历程,同
时也是女主人公(也是具有普遍性意义的女性个
体)的"自我镜像"的动态展现。

在镜中,多米最初是五岁的小女孩,在蚊帐制
造的独立世界中抚摩自我身体,开始了认识自我、
寻求自我的漫漫旅程。这种寻求和认识始自对躯
体、生殖奥秘的探寻,它本身就是极富挑战意义和
反叛意味的,因为,众所周知,在中国文化传统中,
身体乃是"禁忌"的别称,尤其是女性身体,更是一

个被长期包裹起来的隐蔽世界，被男权秩序鄙弃于幽深黑暗的历史文化角落。懵懂而有着强烈好奇心的多米一落脚就踏进了这禁区，她无师自通地知道自己的行为是不能为人所知晓的，她也感到幼儿园老师厉害的眼光，但她仍继续着自己的探寻之旅。在镜中，多米接着往前走，开始与小朋友秘密做生孩子的游戏（后来，懂得了这是属于"禁忌"的多米，慌张地将它深埋进了心里）；镜中的多米身体成熟了，引来了同性的追求、异性的入侵和觊觎。她先后痛苦地丧失了对同性情谊的幻想、她的初夜、她的爱情、她的孩子。当所有一切都被夺走之后，她终于被背叛激怒了，她再一次选择了逃离。在历经这种种挫折、磨难之后，她终于明白："一个人的战争意味着一个巴掌自己拍自己，一面墙自己挡住自己，一朵花自己毁灭自己。一个人的战争意味着一个女人自己嫁给自己。"（林白：《一个人的战争·题记》）

"这个女人在镜子里看自己"——这是《一个人的战争》的基本叙事形式。第一人称与第三人称的交互使用，很好地达到了镜中与镜外的相互融合、相互映照与相互审视的效果，它是自我与自我镜像间的交流与迭现。镜外的这个真实自我，自幼丧父，常常独自在家；她害怕母亲，直到多年

后才自责自己对亲情、乡情的冷漠；她下过乡、插过队，当过统筹老师；她自小学习优秀，十九岁经历了一场大起大落、大喜大悲，之后在大学期间躲入角落；二十八岁独游西南诸省；其后调任电影厂编剧……而镜中的这个虚幻自我，却担当起女主人公为公众社会与文化所禁忌和排斥的所有身体经历，在另一个炼狱中历练"成熟"。在小说结尾，当镜内外自我与镜像结合为一处时，只剩下一段风干的、被抽空的、骨瘦如柴的躯体和已经失去灵魂的多米了。这景象如同寓言和象征，触目惊心地矗立在女性成长的荒原上，成为"一个人的战争"悲怆的纪念碑。

同样地，这种镜中与镜外相互辉映的叙述策略也运用于她的另一部代表性作品《致命的飞翔》中，只不过镜子内外的两个角色分别由名为北诺和李眉的两个女人来担当，而且两者之间更高度地融合在了一起。她把这两个互不认识的女人在不同时空中的性体验合在一起同时写，复数第一人称"我们"则穿插其中，仿佛作家已放弃了对女性独立自我的追寻和树立，而陷入了对女性处境无法摆脱的悲哀和绝望之中，"在这个时代里我们丧失了家园，肉体就是我们的家园"。

林白喜欢飞翔的写作姿态，"在我的写作中，回望是一个基本的姿势，这使我以及我所凝望的事物都置身一片广大的时间之中"，"在较长的时间长度中一切事物可远可近，我可以从容看遍它们的各个角度并一一写出"。叙述过程中，她常常似乎于不经意间将笔触从"现在时"滑向"将来时"，使叙事得以自由地穿梭于过去、现在和将来。《从河边到岸上》《守望空心岁月》《同心爱者不能分手》无不如此，而以《回廊之椅》最为圆润完美。当然这种滑动有时候会不可避免地使用过当，使人感到对小说的阅读时时遇到阻滞。这种自由飞翔的跨时空叙述，其突出的艺术效果，就是常留下大片叙事空白，为读者留下一个宽广的想象、品味与思索的空间。这些叙事空白中，有的是现象层面、形式层面的，有的类似于通俗小说常用的悬念式处理，总能营造出一种特殊的亚热带南方的诡异气氛，并避免某些血腥场面，以保持作品宁静中微微隐着些秘密和不安的格调。如《似曾相识的爱情》中郭良如何以未成年人的弱势杀死了身为军官的高大的情敌？《同心爱者不能分手》中那只叫"吉"的美丽小狗是怎样因咬断了情敌的手指而被人们打得遍体鳞伤？《回廊之椅》中优雅而沉静的朱凉失踪到哪儿去了？

对于这些空白点，林白并不在叙述中诱导读

者对其展开想象、联想,使之成为一种旨在满足和迎合读者好奇心的悬念性陷阱,而令小说流于通俗化的套路。恰恰相反,她总是力图控制好这些空白点在整个叙事中的位置和作用,点到为止,决不渲染,让读者的注意力更多地集中于女性在各种情与欲关系中的处境和心态,从而触摸到林白小说更为隐秘的深度的空白,譬如在郭良充满种种青春冲动和幻想的窥视中展开的那位美丽女人的表象生活背后,这位女子面对他人的觊觎和自我的欲望将有如何艰难的挣扎?那风韵犹存的地方剧女演员在孤寂、阴湿的天井中如何面对自我?在活生生的男人与心爱的狗"吉"之间,她的心会如何悸动?面对章氏兄弟的明争暗夺、农会领袖的强力,总默默无语的柔弱女子朱凉心中会怎样波翻浪涌?使女七叶体贴入微的"姐妹情谊"又会怎样触动她绵绵的忧伤和难言的隐痛?如此种种,组成了林白独异的"空白叙事",这些空白恰如一个个伤口,绵绵流淌着女性生命的液汁与鲜血,正是"于不写处显现,于沉默处发言",在这些空白处,更显露出女性生命、生存的无奈、痛楚、哀伤与不屈的反抗和抗争。

正像苏珊·格巴所说的,"空白不再是父权制强加给女人的纯洁无瑕的被动的符号,而成了神秘而富有潜能的抵抗行为"，借助这空白，林白喊出了真正属于女人的声音，讲述着属于女人的故事，也充分体现出女性叙事的高度智慧。

面对同一张床单，葡萄牙新婚的皇后做出了两种选择：或者在体验死（自我、身体）而后生（创造艺术品）的时刻，以血做墨，言说自己的伤痛；或者留下"空白"，以静默包含所有潜在的声音，通过不去书写人们希望她书写的东西而宣告自己。陈染更钟情于前者，而林白则偏向于后者。然而，尽管言说方式各有所取，她们却拥有同样迷人的艺术魅力，就像米兰·昆德拉曾赞美的那样，塞万提斯的小说之所以伟大，是因为你在其中找不到一种明确的、可以解决人生悖论的道德信念，只能找到一连串生命疑问，也就是在于它肯定或认可了人生的道德相对性和模糊性。也许，陈染、林白小说的美丽正在于这种迷离朦胧的模糊状态，它隐喻了当代女性群体乃至整个人类普遍的一种精神面貌和生存状态，既是迷惘的，又是不断探寻的。

4 性别"跨界"

4.1 弗吉尼亚·伍尔夫《奥兰多》

《奥兰多》是英国著名作家弗吉尼亚·伍尔夫
一九二八年出版的一部带有浓厚奇幻色彩的传记
小说。作品采用传记的形式和体例,以真实的史
料和人物生平为依据,但又将"虚构"有机地融入
"纪实"中,模糊了传记和小说之间的界限,又戏仿
传记的方式,打破历史与现实、时间与空间的界
限,创造了一个跨越近五百年时空、跨越男性与女
性界限的贵族子弟奥兰多,叙述三十六岁的他/她
从十六世纪伊丽莎白女王时期到小说写作的一九
二八年间奇幻非凡的人生旅程。

英俊倜傥的贵族少年奥兰多是十六世纪英国
伊丽莎白女王的宠侍,爱上俄罗斯公主莎莎。在
詹姆斯王朝时期失宠,潦倒之时结识妓女奈尔,并
与之相爱。后归隐乡村豪宅,醉心文学创作。来

访的俄罗斯大公哈里对他一见钟情,遂男扮女装疯狂追求他。查理一世时期,为了躲避哈里的纠缠,他请缨出使土耳其,在君士坦丁堡遭遇叛乱,昏睡七天后醒来,发现自己奇迹般地变身为女性。她离开官僚圈,混迹于吉卜赛人之中。后乘船回到十八世纪的英国伦敦,处于上流社会的她热衷结交蒲柏、艾迪生等文豪,继续文学创作。她嫁给一个常年漂泊于南非好望角的船长,怀孕生子。一九二八年,三十六岁的奥兰多出版诗作并大获成功,跻身著名作家之列。

"他——对于他的性别不可能存在任何怀疑,尽管时代的风尚在某种程度上掩盖了它——正对着挂在房椽上的摩尔人的头颅,比画着劈杀的动作"——小说一开篇便非同寻常,如果去掉中间这段插入语,这就是个典型的关于男子的故事的开头,但这句插入语却成功地将读者吸引到了"性别"和"时代风尚"两个关键点上。不错,整部小说就围绕这两个关键点而展开。

不同于一般小说主人公的性别是确定的,这部小说从一开始就暗示主人公的性别是可疑和不确定的,而"时代风尚"正是性别可疑和不确定的要因。在几个世纪中,奥兰多的身份不断变化,着装也不断变化,甚至连性别也发生了变化。作为

男性的奥兰多多愁善感,富于幻想,热爱文学(这些通常被认为是女性气质特征),但变性后,作为女性的奥兰多坦率大度,热衷冒险(这些通常被认为是男性气质特征),不过不迷恋权力,而是善解人意,怜悯弱小(女性气质特征)。"她厌烦家务,特别陶醉在最出色、最受人欢迎的冒险运动中。可只要一看到另一个人所处的危险场面,就会带给她最女人气的颤抖。"可见,奥兰多的性别身份处于不断的摇摆之中,随时随地都在不断切换。他/她身上混合着男女两性的性别气质特征,外化在衣装上,就是常常穿着土耳其裤这种没有性别差异的服装,或者中国式长袍,以掩盖身体的性征,又常常乔装成各种身份的人游走于伦敦各阶层社会和君士坦丁堡的吉卜赛人群之中。

事实上,这部小说中的多数重要人物的性别都是含混可疑的。奥兰多初见俄罗斯公主莎莎时,"他看到从俄国大使馆的凉亭里走过来一个人影,不知是个男孩还是女人,因为俄罗斯风格的宽松的外衣及裤子可以极好地掩盖性别,而这正给他心中注满了最强烈的好奇……那个人,不管它叫什么名字或什么性别,大概中等身材,穿戴非常单薄,全身穿着牡蛎色的丝绒,用罕见的绿色皮毛镶边。但是,这些细节都被那个整个身体中散发

出的超常的诱人魅力所掩盖。最为过分、奢华的
意象、比喻在他心中缠绕、盘结……"奥兰多着迷
的是莎莎"整个身体中散发出的超常的诱人魅
力",而不是通常情形下对对方性征(如美貌、体
态、体魄)突出的面容或身体的"震惊",恰恰是她
性别模棱两可而呈现出的特殊性深深吸引住了奥
兰多。

倾慕并疯狂追求奥兰多的哈里大公和女性
奥兰多的丈夫谢尔性别都是不确定的。身为男
性的哈里大公看到男性奥兰多的一幅画像就不
可遏制地爱上了他,于是男扮女装对他紧追不
舍。奥兰多变成女性后,他又恢复男性形象前去
求婚。奥兰多与谢尔见面时,都对对方的性别产
生了怀疑。"你是女人,谢尔!"她喊道。"你是
男人,奥兰多!"他喊道。后来的交往中,谢尔曾
一再问奥兰多:"你肯定你不是一个男人?"而奥
兰多则回敬说:"你不是一个女人可能吗?"这种
性别的不确定感似乎暗示,爱情的吸引力可以超
越男女性别的二元对立,这种吸引力源于对肉
体/生理存在的超越,从某种意义上讲,性别只是
附加的成分。(路琪、刘须明:《超越性别特征　在
混乱与秩序间行走——论〈奥兰多〉中的性别特征
及其哲学内涵》)

　　性别二分是既往所有文化与文学著作谈论或描写爱情时最重要的前提,而且在这个前提里,性别是确定无疑的,生理性别(sex)与社会性别(gender)是完全一致的。在这种前提下,爱情被视为一种排他性的一对一的男人与女人之间独有的感情,形成了异性恋至上的爱情观和一夫一妻制至上的婚姻观。《奥兰多》通过解构性别的二元对立和性别的确定性与稳定性,破坏了世俗社会对异性恋和一夫一妻婚恋观的推崇,广义上更摧毁了"界限"本身,"界限"本身就是人为设定并不断变化的。小说突破和跨越了诸多界限,包括性别、身份、地位、时空、年龄、国界、民族、种族、文化,以"性别和爱情"这个支点,撬动了整个界限分明、黑白分明、逻辑分明的秩序化、条理化的世界。这是最彻底的解构主义思想,在解构的废墟上,伍尔夫想要建立的就是没有界限束缚的自由世界,唯有超越"界限"(亦即束缚),人类的创造力才能充分发挥出来,取得辉煌成就,就像奥兰多最终超越了性别束缚,成功出版诗作获得大奖,人生才走向圆满。可见,伍尔夫是一个有着多么广阔胸襟的伟大作家,她不是仅仅像一般评论所说的那样,只是关注性别问题,提出"双性同体"的性别理想,她的思考远远超出了性别范畴,而延伸到对人类思维的根本局限——划分各种"界限"而自我禁锢——的思考和批判上。

时代风尚变化对于奥兰多的生活而言,实际所指乃是不同时代对性别的不同社会规范。奥兰多的内在性别如前所述,实际上始终是男女双性同体甚或无分性别的。但不同时代和社会环境的规范要求却使他/她的外在言行举止都不得不遵从外加的束缚。从君士坦丁堡返回伦敦的船上,她的着装带来的戏剧性变化最充分地表明了这一点。在君士坦丁堡,奥兰多变成女性后,总是穿着土耳其裤子与吉卜赛人混,无分男女,没有性别意识。但当她乘坐"迷人的女士"(Enamored Lady)号英国轮船返回伦敦时,她换上了英国上流社会年轻女子的装扮,开始意识到性别带来的困扰和好处:"这些裙子盖在人的脚上真麻烦。然而,这毛织品却是史上最可爱的东西。我从没见过我的皮肤看起来像现在这样优点突出。"船长围着她献殷勤,她裸露的脚踝甚至让一个水手从桅杆上跌落入海。——似乎是"奥兰多本人的变化决定了她选择女人的服装和性别",但"或许,在这种变化中,她只是表现了发生在多数人身上却未被如此明了地表达出来的东西。因此,在这儿我们又一次进退维谷。尽管性别不同,但它们混杂在一起。

在每个人身上，都发生着从一性向另一性的摆动，往往服装只是保持了男性或女性的外表，而内里的性别则恰恰与外表相反。对此产生的复杂和混乱，人人都有亲身体验"（路琪、刘须明：《超越性别特征　在混乱与秩序间行走——论〈奥兰多〉中的性别特征及其哲学内涵》）。可见，性别绝非固定不变的、本质性的，而是由像服装这样的外在文化因素塑造出来的。

美国当代著名的酷儿理论家朱迪斯·巴特勒提出的"性别表演"（gender performance，也译作"操演"）理论指出，主体的性别身份不是既定的和固定不变的，而是不确定和不稳定的，即表演性的。"我"是在扮演或模仿某种性别，通过这种重复的扮演或模仿，"我"把自己构建为一个具有这一性别的主体。主体是一个表演性的建构，是通过反复重复的表演行为建构起来的"过程中的主体"。需要注意的是，"表演性"（performative）与"表演"（performed）不同，表演总是预设了一个表演者，一个作为行动者的主体，而表演性则没有。（朱迪斯·巴特勒：《性别麻烦：女性主义与身份的颠覆》）我们通常所认为的性别，只不过是通过一套持续的行为生产，对身体进行性别的程式/风格化而稳固下来的。

　　不仅性别如此，一切的身份（种族、民族、阶级阶层、年龄等等）都是表演性的、不确定的。譬如，奥兰多生活的时间跨越了十六世纪伊丽莎白时期到一九二八年近五个世纪，她／他的年龄却只有三十六岁，那是因为她生育孩子、创作诗作和获奖等一系列事件使得社会对她的年龄认同是三十六岁——一般社会规则中女人最为成熟和女性人生最为圆满的年龄，但事实上奥兰多却早已是四百多岁高龄了——任何社会约定俗成的认识都是人为的、不确定的。伍尔夫让她的主人公奥兰多超越了性别、时间乃至民族（日耳曼与吉卜赛）的界限。

　　不仅如此，奥兰多还是超越空间而存在的。姑且不论他／她在英国纵横都市伦敦与乡间大宅，出入宫廷、妓院与监狱，驰骋北部草原战场又畅游烟花璀璨的泰晤士河，他出使君士坦丁堡后，更加不受身份、地位、种族、民族乃至性别的限制，游走在东西文化、贵族与下层、老人与孩童之间，如鱼得水。特别有象征意义的是，奥兰多变性的地点是土耳其的君士坦丁堡。

　　君士坦丁堡，今名伊斯坦布尔，是一个同时跨越欧、亚两大洲的名城。作为欧洲古代三大帝国——罗马帝国、拜占庭帝国以及奥斯曼帝国首

都的君士坦丁堡,保留了辉煌的历史遗产。伊斯坦布尔在其存在的历史之中曾拥有过很多个不同的名字,这些名字都受到该市统治者的文化、语言和宗教的影响。除拜占庭、君士坦丁堡(康斯坦丁堡)外,伊斯坦布尔亦曾被称为"新罗马"或"第二罗马",因为罗马帝国君主君士坦丁大帝在古代希腊殖民地拜占庭城建立了罗马帝国的纯正基督教首都,以抗衡仍有大量异教徒充斥的罗马城。伊斯坦布尔亦别名"七座山丘的城市",因为该市的老城是由君士坦丁建于七座山丘上,以与罗马的七座山丘相映衬。由于伊斯坦布尔在整个中世纪有着极大的重要性和丰厚的财富,所以伊斯坦布尔的另一个别名是"众城市的女王"。伊斯坦布尔不仅地理上横跨两洲,而且兼收并蓄欧、亚、非三洲各民族思想、文化、艺术之精粹,从而成为东西方思想文化的一个重要交汇点,伊斯坦布尔现有四十多座博物馆、二十多座教堂、四百五十多座清真寺。这些美丽的建筑本身及其收藏的大量文物,都是东西方文化交汇的生动见证。

可见,君士坦丁堡最突出的特点就是地缘、建筑、文化乃至其名字本身都是交融性的、界限模糊不清的,没有非此即彼,更没有截然对立,只有在历史时间中的变动不居和超越适应。在这里,人类的各种界限都被打破,也不存在恒定不变的思维观念。其名字因在不同时代受到不同统治者的文化、语言、宗教等因素的影响而不断改变,这不恰恰象征着女性/男性之名乃是人为设置而非由生理决定的吗? 性别之名如此,其他各种界限不也是人为设置的吗? 君士坦丁堡历经千年沧桑,其文化却因混合交融而辉煌,不正象征着人类只有打破各种人为界限才能得到更充分的发展吗? 从一定象征意义上说,奥兰多正是君士坦丁堡。

通常,学者研究时总是把《奥兰多》当作弗吉尼亚·伍尔夫以戏谑笔法对性别二元对立的嘲弄和颠覆,对她双性同体性别理想和创作思想的彰显。也有人把这部小说视为一部经过激进思想改写的英国文学编年史,是对男性中心的文学史叙述的质疑、对"时代精神"束缚女性创造力的反思乃至对双性互补写作理想的提出。(杨莉馨:《弗吉尼亚·伍尔夫的女性写作之梦——论〈奥兰多〉与文学传统的对话》)从前述分析可见,弗吉尼亚·伍尔夫所要传达的远远超越了这些,她的思想深度和远见非一般作家可比。

4.2 李碧华、陈凯歌《霸王别姬》

"'我本是女娇娥,又不是男儿郎……见人家

夫妻们洒落,一对对着锦穿罗,啊呀天吓,不由人心热似火——'嗓音拔尖,袅袅糯糯,凄凄迷迷。伤心的。像一根绣花针,连着线往上扯,往上扯,直至九霄云外……他的命运决定了。"李碧华这段富于诗意而象征的描写再现了少年程蝶衣人生至关重要的转折点——被迫接受旦角演员的命运,开始了他性别意识错位,性取向扭曲,在时代沉浮中对京剧艺术和师哥的爱恋从一而终、至死不悔的悲剧人生。

司马迁的《史记·项羽本纪》中只有区区百余字述及项羽垓下被围别虞姬后奋战并自刎:"项王军壁垓下,兵少食尽,汉军及诸侯兵围之数重……项王则夜起,饮帐中。有美人名虞,常幸从;骏马名骓,常骑之。于是项王乃悲歌慷慨,自为诗曰:'力拔山兮气盖世,时不利兮骓不逝。骓不逝兮可奈何,虞兮虞兮奈若何!'歌数阕,美人和之。项王泣数行下,左右皆泣,莫能仰视。"《史记》虽被视为"不拘于史法"的"无韵之离骚",但作为正史序列中最重要的一部,它本身的叙事原则本质上仍属于政治权力所规定的范畴,比如以帝王为主体以及由此而衍生出男性史观。虽然司马迁在书中为大量平民英雄立传,但这未能改变《史记》的"官史"身份。在《史记·项羽本纪》中,司马迁所要塑造的是一位具有悲剧色彩的"无冕之王",而这一英雄不仅有"力能扛鼎"、纵横沙场的暴力武功,而且有垓下别姬、"悲歌慷慨"的缠绵柔情。虞姬的出场,并不是为了展现自己丰富的生命历程,而只是为了完成项羽霸王形象的塑造。"以美人关系着项羽的日常生活,以骏马关系着项羽的军旅生活,这位西楚霸王就是以这双重生活,构成了他叱咤风云的一生,如今他要向这双重生活举行告别仪式了。他和美人的慷慨悲凉的唱和,使他的生命得到了美的升华。"作为与乌骓马一样映衬项羽形象的配角,虞姬的生平,甚至是真实姓名和最终结局,就显得无关紧要了。(杜晓杰:《文体权力谱系与霸王别姬叙事流变》)

霸王别姬的故事在中国千百年来以各种形式被广泛传播,从司马迁的正史序列,到明代沈采的《千金记》戏曲,再到郭沫若的小说《楚霸王自杀》和张爱玲的小说《霸王别姬》,直到当代李碧华的小说《霸王别姬》及以其改编的同名电影(陈凯歌执导),潘军的先锋小说《重瞳》,莫言、王树亮的话剧剧本《霸王别姬——英雄、骏马、美人》,这个故事的文学演绎历经诸多变化、增减。戏曲小说大大增加了故事中虞姬的分量,故事中的情爱桥段也得到大量敷衍。尤其以张爱玲和李碧华的小说

及以其改编的电影最令人瞩目，性别视角的突出是其中最为醒目的标志，而后者更以复杂的性别和性心理及其与时代变迁、人性变幻的纠结为人称道。

程蝶衣小名小豆子，本是男孩，在寒冬被做妓女的母亲切去骈枝送到戏班，因其面容俊秀而被戏班班主定为主演旦角，学唱青衣。在排戏之初他无法摆脱作为男性身躯的现实，一次次在演出中拒绝成为女儿身的旦角。师兄小石头（段小楼）为让他"成角儿"，在他饰演《思凡》中的小尼姑固执地错说台词"我本是男儿郎，又不是女娇娥"时，不惜用长烟杆捣烂他的嘴来让他转变性别身份认同。小石头唱花脸，小豆子唱青衣，十年练功学戏在一起搭档，也相互扶持依恋。成年后，两人因合演《霸王别姬》而成为名角儿，在京城红极一时。小楼娶妓女菊仙为妻，蝶衣绝望之际，为取得小楼一直喜爱的宝剑而屈从于同样爱戏如痴的官僚袁世卿。日本入侵，小楼被捕，蝶衣为救小楼给日本人唱堂会。"文革"时期，小楼嫉恨蝶衣与世卿，而蝶衣怨恨小楼弃他而娶菊仙，蝶衣对人生、爱情和毕生的艺术追求都感到绝望，愤而揭发菊仙和小楼，两人终因相互揭发而决裂。"文革"后，蝶衣终于再次与小楼排演《霸王别姬》，蝶衣自刎于台上，死于小楼怀抱。哀艳悲烈的故事融合了文学虚构与国粹经典、个体命运与时代变迁，诗意华美，曲折动人，极富审美张力。

　　"崇拜他倾慕他的人，都是错爱。他是谁——男人把他当作女人，女人把他当作男人。他是谁？"激烈的性别认同冲突是蝶衣人生历程中最痛苦的困境。穿着艳丽女人装的程蝶衣初次唱《思凡》"夜奔"时就开始了激烈的性别冲突。他坚持男性身份而抵抗形象化的女性身份，这是他潜意识里的本能抗拒，是程蝶衣与生俱来的性别认定。师兄段小楼把烟杆塞进他的嘴里，乱捣一气，直至他口角流血，逼迫他改了口。小豆子被暴力强迫认同了小尼姑的性别归属。他和小石头外逃去看戏，看到台上演出的虞姬誓死相随霸王时，决意回到戏班，从此追随师哥，"从一而终"——蝶衣对小楼说："你忘了，咱们是怎么唱红的了？还不就是凭了师父的一句话？什么话呀？从一而终！"从此，蝶衣不仅在京戏里有着虞姬女性的身份，在现实生活中也成为非男性的女性角色。他迷恋虞姬的衣装扮相，在现实中也因美貌身姿被男人当作女人虞姬来玩弄，他自己也在长期的性别浸淫中认同和顺从了女性气质特征。当被倪公公玩弄时，他恐惧张皇；当北洋军阀侵入戏场时，他柔弱无力;当段小楼爱上妓女菊仙时,他嫉妒失控,表现出失宠后的歇斯底里;当段小楼与菊仙恋爱时,他仇恨菊仙,在痛苦和绝望中伺机窥视报复……多年来小楼仗义的照顾和自己的依赖,多年来戏里段小楼的霸王角色和自己的虞姬角色的思想浸染,让程蝶衣不知不觉地把现实和戏剧、真实和虚幻合二为一。他对菊仙说:"是你,是你把他从我身边夺走的!"这种近似同性恋却不是同性恋的情感,实际上是确认自己虞姬女性与霸王男性的戏剧爱情的现实畸恋。当蝶衣看到段小楼少年时看中的宝剑出现在袁四爷家后,他不惜牺牲自己的色相换回小楼心爱的宝剑;当段小楼被日本人抓去时,他又不惜损害个人的声名去为日本人唱戏,从中周旋,救出小楼。蝶衣对小楼远不是师兄弟的情分,而是虞姬对霸王式的奋不顾身的爱情。正像袁世卿对蝶衣的评价——"雌雄同体,人戏不分","尘世间,男子阳污,女子阴秽,独观世音集两者之精于一身,欢喜无量啊!"小楼非常清醒地意识到——"你是真虞姬,我是假霸王","蝶衣,你可真是不疯魔不成活啊! 唱戏得疯魔,不假! 可要是活着也疯魔,在这人世上,在这凡人堆里也疯魔,咱们可怎么活哟!"小楼始终清醒地将真实的现实与虚构的戏剧世界划分得清清楚楚,即使他对蝶衣不无深厚的感情，甚至不无超越一般师兄弟的情爱，但他终究不似蝶衣那样将台上台下、现实虚幻、男人女人都混淆在一起。蝶衣以他的"从一而终"为唯一人生准则，"说好了唱一辈子，差一年一月一个时辰都不行！"——他就是这样活在以自己的逻辑、自己的价值标准为唯一的世界中的一个执着之人，认定了自己是虞姬，便不分台上台下、戏里戏外，也不分男人女人，"大王意气尽，贱妾何聊生"，身为虞姬，他的命运只有一个，那就是不论世事变幻、时代变迁，生生死死追随霸王。

蝶衣这种"从一而终"的爱情观、艺术观和人生价值理念实则是一体的。"五子中的'戏子'，那么的让人瞧不起，在台上，却总是威风凛凛，千娇百媚。头面戏衣，把令人沮丧的命运改装过来，承载了一时风光，短暂欺哄，——都是英雄美人。"（李碧华：《霸王别姬》）蝶衣何尝不是以舞台上虞姬的绚丽美艳和她与霸王生死相依的爱情来慰藉自己凄凉孤独、受尽屈辱的人生！他宁愿沉睡在霸王虞姬之梦里不愿醒来，而"文革"逼迫他不得不从这迷梦里醒来，从戏里走出来，从袁世卿等他的戏迷的崇爱中走出来，这时他猛然发现一切都是错的，"你们骗我，你们都骗我"。所有的人，小楼、菊仙、小四，都在现实生活中为了生存或名利学会了顺应世事见风使舵，好汉不吃眼前亏。偏只蝶衣始终沉醉于京剧世界中，罔顾世事变化，仍执着于"从一而终"的信念，最终宁愿以死维护这一执念——"他死命抱着残穗焦黄的宝剑不放，如那个夜晚。只有它，真正属于自己，一切都是骗局！"

陈凯歌电影版的《霸王别姬》结尾是"文革"后蝶衣和小楼重新联袂登台排演。戏台上，他二人被光圈笼着，四周一片漆黑，光影之中，迷离恍惚之中，时光荏苒飞逝，霸王、虞姬仍然风流美艳，而内心早已千疮百孔。光圈之外，漆黑的舞台仿佛陷霸王、虞姬于难以逃脱之境。李碧华化用了张爱玲《倾城之恋》里那段著名的文字，使得这个从一而终的爱情（男女之爱、艺术之爱）故事得到了悲壮的升华，霍然放在了奇异的宏大背景之上，程蝶衣的坚持与执着似乎也因之而被赋予了崇高的价值。

有人认为，李碧华在塑造程蝶衣这一男同性恋者形象的时候，完全投契了大部分异性恋者对于男同性恋者的想象：文弱，阴郁，甚至有些变态的"疯魔"。李碧华的笔触仅停留在展现异性恋者所想象的同性恋者世界，却未能更进一步，未能对这一群体有更为超越的关怀与反思，甚至在文本的最后，为程蝶衣这一"性别越轨者"设定了回归正轨的结局，曾经轰轰烈烈的同性爱情最终成为一般意义上的兄弟情谊。同性恋情被一种奇特的方式展现得淋漓尽致,读者也在阅读过程中得到了审美和窥视的满足,而霸王别姬也不过是使得这一文本更为异彩纷呈的设定,有限制和最终回归正轨的同性恋叙事是在不引起审美反弹的前提下满足消费主体困境中受众猎奇心理的一道奇异菜肴。(杜晓杰:《文体权力谱系与霸王别姬叙事流变》)

笔者认为,这是过分将程蝶衣限制在性别/性的视域之中造成的过度阐释。蝶衣不同于一般的同性恋者,他对师哥的情义与对京剧艺术的迷恋一样,都是他逃离残酷冰冷的现实世界而沉醉美好温暖的另一世界的选择,他的"从一而终"是超越了一般爱情伦理的忠贞不渝,是近乎宗教信仰般的信念。这信念支撑着蝶衣忍受万般屈辱,也支撑着霸王别姬的故事超越时间与空间而存在,这正是霸王别姬超越一般情爱故事而更具有神圣崇高性的原因:"往事不要再提了,如今我们站在这光明的舞台上。你是霸王,我是虞姬;你英雄末路悲歌长叹,我从一而终至死不渝;你绕住我的裙裾,我握住你的剑柄。这当下,我颤颤地唱着,你慢慢地和着,这是几千年一遭的缘分啊。我又怕什么风霜劳碌,怕什么年复年年。你看我如花容颜可曾在离别中失色,你看我灵动的眉眼可曾因岁月蒙尘。师兄啊霸王啊,让我跟你好好唱一辈子戏吧。把这出死别的痛楚唱出几千年几万年的韵味,唱断人生几千里几万里的风雨。"(李碧华:《霸王别姬》)

李碧华的小说看似写情欲,写性别错位之爱,实际上却蕴含着对艺术人生、人性社会的思考与透视。真正通过重写霸王别姬的故事而寄寓对性别问题的思索的是时年十六岁的中学生张爱玲所写的小说《霸王别姬》(一九三七)。据张爱玲当时的国文老师回忆,张爱玲看到郭沫若发表的《楚霸王自杀》和当时盛极一时的男女问题讨论,一改传统叙事的风貌,从虞姬的视角讲述了一个女性意识浮出历史地表的现代寓言。在此文本中,此前处于舞台中心的项羽被张爱玲推到了边缘,而张将被郭沫若抹去声音的虞姬安置在中心,激荡的历史叙事也被改造成女性的独白:

> 十余年来,她以他的壮志为她的壮志,她以他的胜利为她的胜利,他的痛苦为她的痛苦。
>
> 然而,每逢他睡了,她独自掌了蜡烛出来巡营的时候,她开始想起她个人的事来了。她怀疑她这样生存在世界上的

目标究竟是什么。他活着,为了他的壮志而活着。他知道怎样运用他的佩刀,他的长矛,和他的江东子弟去获得他的皇冕。然而她呢?她仅仅是他的高亢的英雄的呼啸的一个微弱的回声,渐渐轻下去,轻下去,终于死寂了。如果他的壮志成功的话……

…………

啊,假如他成功了的话,她得到些什么呢?她将得到一个"贵人"的封号,她将得到一个终身监禁的处分。她将穿上宫妆,整日关在昭华殿的阴沉古黯的房子里,领略窗子外面的月色,花香,和窗子里面的寂寞。(张爱玲:《霸王别姬》)

对于自己跟随项羽南征北战的"美人"身份和自己存在的意义,虞姬产生了强烈的怀疑。在垓下之围的前夕,她的女性自我意识觉醒,其自刎与其说是失爱之后的痛苦选择,毋宁说是女性对于自身从属地位的抗争和对于自我命运的主动选择。张爱玲的《霸王别姬》虽然是其早期的作品,但是其中清晰的女性主义意识,在当时的启蒙语境中却显得深刻而别致。

5 性别化"重写"

5.1 重写《奥德赛》——《珀涅罗珀记》

作为西方文学艺术的源头,荷马史诗《伊利亚特》和《奥德赛》与古希腊神话一起,为后世的文学艺术创作提供了取之不竭的源泉,其中,《奥德赛》更是以其复杂多元的主题意蕴、内涵深厚的人物关系以及多维错综的叙事方式对后世产生深远影响,这尤其体现在三个方面:英雄主义情结,家庭模式与爱情关系,以及男性叙事视角和模式。

希腊联军主将奥德修斯以木马计攻陷特洛伊城之后,历经十年海上历险才得以归家,受海神波塞冬的阻挠,在归途中与各种自然环境和奇幻异象斗争,充满英雄主义气概。奥德修斯、其妻珀涅罗珀、其子忒勒玛科斯,构成一个稳固的传统美好的家庭关系。而奥德修斯和珀涅罗珀之间也相应地体现了一种稳定的爱情关系。《奥德赛》采取的男性视角和男性叙事反映了古希腊宗法制社会的男权背景。

后世文学艺术充分利用《奥德赛》的这些特质，或是直接取材于荷马史诗来编织新的故事，或是借用荷马史诗中出现的主要人物形象来寄寓新的内涵，或者套用《奥德赛》的历险叙事模式。而二十世纪后出现的重写更多则是颠覆男性英雄叙事的反英雄叙事（代表作品如乔伊斯的《尤利西斯》、福克纳的《我弥留之际》、杰克·伦敦的《北方的奥德赛》）和女性主义叙事（代表作品如玛格丽特·阿特伍德的《珀涅罗珀记》），反映出二十世纪后现代西方社会普遍出现的英雄主义覆灭情绪，现代社会中传统伦理意识的崩塌，以及西方女性主义思潮兴起带动的性别意识觉醒和话语权争夺。

阿特伍德是加拿大著名的女性主义批评家和作家。她总是带着强烈的女性主义意识，凭借其丰富的女性主义理论修养，自觉地把加拿大与美国的关系、女性与男性的关系、边缘与中心的关系关联起来，用隐喻和象征的笔法来写小说，别具特色，被认为是加拿大知识分子和作家中最具代表性的人物，加拿大的"文学女王"。她特别擅长经典重写，这既与她大量的经典阅读有关，也是缘于

二十世纪文学理论语境的推动,解构主义、女性主义、互文性等理论对作家的影响尤甚。她的经典重写广泛涉及对希腊神话和史诗的戏仿,对经典童话(格林童话)的改写,对《圣经》和民间故事的重写,等等。她重述《圣经》的作品包括反乌托邦小说《使女的故事》、"疯癫亚当三部曲"。她的长篇小说《珀涅罗珀记》、诗歌《喀而刻/泥浆之歌》(Circe/Mud Poems)和《塞壬之歌》(Siren Song)是对荷马史诗和希腊神话《奥德赛》的重写,主题由英雄神话变为凡人琐事,从宏大叙事向微观叙事转移;改变了叙述视角和叙述方式,把"他的故事"变成了"她的故事",女性和边缘人物移到了中心位置;将"沉默的死者"变为"唠叨的幽灵",小说体现出哥特式特征和众声喧哗的狂欢色彩,大胆颠覆了经典故事的伦理道德内涵。(傅小英:《阿特伍德重述经典研究》)

阿特伍德的《珀涅罗珀记》对《奥德赛》的重写实际上受到了两大因素的直接推动。一是受到了当代女性主义荷马批评的深刻影响,二是受到了"重述神话"出版合作项目的推动。女性主义荷马批评受到西方女性主义运动及女性主义文学批评的影响,于二十世纪七十年代左右在荷马研究中出现,至今仍是荷马研究中相当活跃和激进的一支。以克雷顿、费尔逊-鲁宾、卡茨、弗利为代表的学者,以《奥德赛》中的珀涅罗珀为核心,分别深入探讨了荷马史诗的女性主义诗学、女性的不确定性和欲望、女性作为自主的道德行动者等议题。(陈戎女:《佩涅洛佩的纺织和梦——论〈奥德赛〉的女性主义》)这直接启迪了阿特伍德的重写。"重述神话"项目是由英国坎农格特出版公司发起,包括英、美、中、法、德、日、韩等三十多个国家和地区的知名出版社参与的全球首个跨国出版合作项目,包括大江健三郎、玛格丽特·阿特伍德、托妮·莫里森、翁贝托·艾柯等诺奖、布克奖获得者都参与其中,中国也有苏童重述孟姜女哭长城传说的《碧奴》,叶兆言重述后羿射日和嫦娥奔月神话的《后羿》,李锐、蒋韵重述白蛇传传说的《人间》,阿来重述的藏族神话史诗《格萨尔王》等。另外著名的还有 A. S. 拜雅特的《诸神的黄昏》、桐野夏生的《女神记》等等。玛格丽特·阿特伍德的《珀涅罗珀记》也是其中重要的一部。

在荷马史诗《奥德赛》中,伊萨卡国王奥德修斯参加特洛伊战争离家二十年,他的妻子、美丽的海伦的堂妹珀涅罗珀对丈夫始终忠贞不渝。二十年里,珀涅罗珀独自对付着种种流言蜚语,辛苦操持政务,抚养桀骜不驯的儿子忒勒玛科斯,还得抵

挡一百零八个求婚人的纠缠。特洛伊战争结束，奥德修斯历尽艰险，战胜各种妖魔，抵御诸多女神的诱惑和挽留，最终得以孤身返回故乡。他乔装打扮试探妻儿对他的忠诚，处死了所有的求婚人和妻子身边的十二个女仆，一家团圆。珀涅罗珀以无比的忠贞与机智赢得了丈夫的回归，也成为千百年妇德的典范。史诗以诗人第三人称全知全能叙述方式讲述奥德修斯和珀涅罗珀的处境遭遇，同时也用奥德修斯自述的方式，展开瑰丽的想象，讲述他如何战胜魔女基尔克，克服海妖塞壬美妙歌声的诱惑，穿过海怪斯库拉和卡吕布狄斯的居地，摆脱神女卡吕普索的七年挽留，最后于第十年侥幸一人回到故土。

《珀涅罗珀记》将话语权赋予以珀涅罗珀为代表的上层女性和以十二个女仆为代表的底层女性，从女性视角改写荷马史诗《奥德赛》，追问："是什么力量把女仆们推向了绞刑架？珀涅罗珀在事件中扮演了什么角色？"女作家故意偏离原作航海历险的宏大叙事主题，改变原作的男性视角，由女主人公珀涅罗珀的独语与众女仆的合声（合唱歌词）构成两种不同的女性叙述声音，这两种女性话语在解构和颠覆男性话语，重塑原作中的性别关系和性别形象的同时，也在进行着话语权力的争夺。小说大量地将奥德修斯的伟大行为与珀涅罗珀的评判并置,以互文方式脱下奥德修斯神圣英雄的光环,嘲讽他的狡黠圆滑和奸诈,譬如珀涅罗珀说奥德修斯"以善于解开最复杂的结而声誉卓著,尽管有时候他采取的办法是打一个更复杂的结",人前为丈夫骄傲,人后则颇有嘲讽和不屑。因她对丈夫心有不满而又难以反抗,所以她的说话方式就总是遮遮掩掩、曲折隐晦的。而十二个女仆的评论则更为直接和愤怒,说奥德修斯看似英雄壮举般杀死求婚人的行为只是"怨恨的行径,是泄愤的行径,是为了保全荣誉的杀戮"。小说改写了史诗中珀涅罗珀对奥德修斯假扮克里特人归来宫中毫不知情的情节,让奥德修斯返乡复仇夺回财产、妻子的英雄壮举变成了珀涅罗珀精心参与策划的计谋,她装作毫不知情,迷惑众人,凭借自己的聪明才智掌握了主动权,让奥德修斯完全信任她的忠贞,而她则在心里暗自嘲笑这些愚蠢之人。这种情节变化彻底摧毁了奥德修斯的尊严,挑战和嘲弄了男性自以为主宰一切的愚妄。

小说以珀涅罗珀心理独白的方式,坦承她自己成为道德楷模是对社会性别规范操演伪装的结果,是为了迎合男性对女性的想象和期待,从而获得更大的生存空间。实际上她也承认自己"故意

引诱求婚人,还私下里向其中一些人做了承诺",不过这只是策略。而小说中插入的另一个群体的声音——十二个年轻女仆的合唱歌词,却唱道:"珀涅罗珀谨慎贤淑,有上床的机会可毫不含糊。"珀涅罗珀的自述大肆渲染自己与十二个女仆之间的情谊——"我们一边做着破坏工作一边讲故事;我们出谜语,我们编笑话。我们简直成了姐妹",但当听说奥德修斯要回来时,她为了保全自己的声誉而让老女仆"指证这些女仆软弱而不忠,被求婚者非法掳去又受到娇宠,道德败坏,恬不知耻",最终导致奥德修斯将十二个女仆绞死。可见,小说不仅让女性叙述者(珀涅罗珀和十二女仆)的叙述破坏了奥德修斯神圣智慧英雄的形象,同时又以十二个女仆的叙述毁坏了荷马史诗所矗立起来并流传千年的珀涅罗珀坚贞不渝的典范形象,凸显出话语权力对于塑造性别形象的巨大作用。

阿特伍德还巧妙地运用对史诗的拆解性重述来解构英雄神话。譬如:"一些人说一部分战士被食人者吃了;其他人说不,那只是寻常的斗殴,咬耳朵啦,流鼻血啦,使刀子啦,捅出内脏啦什么的。一些人说奥德修斯来到一座被施了魔法的小岛,成为一位仙女的座上客……两人还每晚疯狂做爱;其他人说不,那不过是家昂贵的妓院,而他则吃了老鸨的白食。"不同人的叙述不同，相互抵牾而相互拆穿，使得荷马史诗中奥德修斯的英勇行为和传奇遭遇都变为了荒唐可笑的好勇斗狠、寻欢作乐，史诗中崇高与庄严的叙述变为了蔑视和嘲弄，将高尚的神话降格为了低俗的流言。这种拆解降格的方式彻底颠覆了《奥德赛》的英雄神话。

利用各种文体混搭的狂欢叙事方式来解构史诗的英雄神话也是这部小说的突出特点。女仆合唱这种形式是对古希腊戏剧中羊人剧的滑稽模仿。围绕"为什么要杀死众女仆"这一叙事核心，小说提供了珀涅罗珀独语、众女仆合唱的舞台剧和人类学演讲词等三个文本，三种不同的叙述相互穿插，每一种叙述都对前一种叙述进行否定。合唱唱词的形式包括挽诗、流行歌调、牧歌、船夫曲、民谣、舞台剧、录像带、情歌，甚至人类学演讲，等等。这种混搭构成的众声喧哗本身就是对史诗的纯正权威和神圣崇高的反讽与颠覆。史诗中沉默的珀涅罗珀发声袒露心理和处境，让读者更加理解她的聪敏机智与委曲求全，众女仆的合唱又将她的说辞推翻。什么是真相并不重要，也无从查实，重要的是拥有讲述的权力，任何一种单一的叙述都是不可靠的，都只是某种权力关系的显现

而已。所以,阿特伍德的小说竭力让那些在经典文本(《圣经》、童话、神话传说)中被遮蔽的沉默的女性拥有说话的权利、叙述的权利,她对经典的重写都是性别化的重写。

5.2 重写《哈姆莱特》——《葛特露和克劳狄斯》

莎士比亚的经典名作《哈姆莱特》四百余年来长盛不衰,不仅屡屡被以各种面目呈现于舞台、影视屏幕中,而且渗透到了人类文化的方方面面,成为具有原型意义的符号象征。对这部剧作进行改写、重写,是二十一世纪以来令人瞩目的又一莎剧传播现象,其中就有美国著名小说家约翰·厄普代克的长篇小说《葛特露和克劳狄斯》。

美国长短篇小说作家、诗人约翰·厄普代克(John Updike)一生发表了大量体裁多样的作品,其中包括系列小说"兔子四部曲""贝克三部曲",他曾三度获得普利策小说奖。代表作"兔子四部曲"包括《兔子,快跑》(一九六〇)、《兔子归来》(一九七一)、《兔子富了》(一九八一)以及《兔子歇了》(一九九〇),厄普代克以"兔子"哈利·安斯特朗为主角,记录了美国自"二战"后四十年来的社会历史,内容涉及越南战争、登陆月球、能源危机,"性爱、宗教和艺术"是厄普代克创作的主要内容,

"美国人、基督徒、小城镇和中产阶级"则是厄普代克擅长的书写对象,他被认为是美国当代中产阶级的灵魂画师。《葛特露和克劳狄斯》(*Gertrude and Claudius*)是他二○○○年出版的长篇小说,是《哈姆莱特》的前传,曾荣登《纽约时报书评周刊》评选的二○○○年十大最佳图书第四名。

重构经典是厄普代克小说创作的典型策略,比如他的代表作《兔子,快跑》就源自"垮掉的一代"代表作家凯鲁亚克的经典作品《在路上》、"亚瑟王的圣杯传奇"、乔伊斯·卡里的《约翰逊先生》和彼阿特丽里克斯·波特的《兔子皮特的故事》。《政客》倒置了康拉德《黑暗的心脏》的故事结构。"红字三部曲",即《全是星期天的一个月》《罗杰的视角》和《S.》,是对霍桑《红字》的全新演绎。

《葛特露和克莱狄斯》继续沿用了他"重构经典"的叙事策略。小说同样具有一个神话原型,即"哈姆莱特传说",尤其是莎士比亚的经典悲剧《哈姆莱特》。《哈姆莱特》的源头是"哈姆莱特传说"。"哈姆莱特传说"源远流长,据说"哈姆莱特的故事到莎士比亚的时候已经流传了四百年",各种版本中人物的名字有所不同。厄普代克研究过"哈姆莱特传说"的来龙去脉,在小说中,相同人物在三个部分中的名字取自不同年代的"哈姆莱特传

说",暗示着"哈姆莱特传说"本身就是一个被不断重讲的过程,而莎翁的《哈姆莱特》只是众多版本中的一种,并且不是最后的版本,它本可以被后人不断地重写。厄普代克重新叙述《哈姆莱特》的基本途径有两个:一是给葛特露和克劳狄斯等人翻案;二是质疑和思考哈姆莱特行为的合理性。两种途径的实施都意味着要颠覆经典悲剧中的人物身份和故事模式。在《哈姆莱特》中,人物的基本身份是"说者"与"被说者"。"说者"自然是哈姆莱特父子,"被说者"主要是葛特露和克劳狄斯。于是,故事的基本模式就成了"说者"说和"被说者"被说。(宋德发:《古老故事的重新讲述——〈葛特露和克劳狄斯〉的叙事策略与伦理意涵》)

莎士比亚将王子哈姆莱特和他父王老哈姆莱特的鬼魂置于舞台的中央,评说和论定着他们的对手葛特露和克劳狄斯:

> 嗯,那个乱伦的、奸淫的畜生,他有的是过人的诡诈,天赋的奸恶,凭着他的阴险的手段,诱惑了我的外表上似乎非常贞淑的王后,满足他的无耻的兽欲。啊,哈姆雷(莱)特,那是一个多么卑鄙无耻的背叛!我的爱情是那样的纯洁真诚,始终

信守着我在结婚的时候对她所做的盟誓；
她却会对一个天赋的才德远不如我的恶
人降心相从！（莎士比亚：《哈姆莱特》）

鬼魂哈姆莱特把自己说成是忠于爱情的被害者，而克劳狄斯是篡位者、奸诈者和谋杀者，葛特露是背叛者、乱伦者和淫乐者。崇敬父亲又愤怒至极的哈姆莱特相信父亲所说的一切，将叔父和母亲视为奸夫淫妇以及杀害父亲的凶手，他憎恶母亲而发的感叹——"脆弱啊，你的名字就是女人！"——也长久地影响了读者的理解。

可见，就像"成者为王败者为寇"，话语权掌握在谁手中至关重要。那么，换成葛特露和克劳狄斯来讲述那段往事，会是什么样子呢？厄普代克的书写就由此展开——"我试图设想此前发生的事情，而这些事情被莎士比亚一笔带过……当然，我要写出二十和二十一世纪的味道，把葛特露写成一个不快乐的妻子、一个得不到满足的妻子，尤其是一个母性得不到尊重，有些像包法利夫人的女性……"厄普代克重写的故事就是想把说话的权利还给被莎士比亚放在了暗影里的女主角葛特露。

葛特露向读者倾诉了自己的情感历程：从十

六岁的少女到四十七岁的妇人,在三十一年的岁月里,她如何从一个被父亲交易的女儿变成一个被丈夫冷落的妻子,如何从一个被丈夫冷落的妻子变成一个被儿子厌恶的母亲,如何从一个被儿子厌恶的母亲变成一个被克劳狄斯宠爱的情人。十六岁时,她的父亲代她择取了她十分厌恶的丈夫霍文迪尔(即老哈姆莱特)。虽然最终不得不屈服于父权和王权,但走向这个结果的过程却被她完全披露了出来。她公然质疑自己的国王父亲,为自己乃至整个女性的生命价值辩护:"女人的命不如男人的命值钱吗?我想知道。我觉得无论男女,死亡都一样是同等大事……"(厄普代克:《葛特露和克劳狄斯》)葛特露对父亲的怨愤和指责同时也呈现出她的不幸遭际,她不过是政治交易的筹码,牺牲了自己的感情,换来的是她并非想要的王权。这样迫不得已的婚姻,致使夫妻之间形同陌路。

当哈姆莱特出生后,她原准备同其他普通女人一样,用对儿子的爱来弥补爱情婚姻的缺憾。但是哈姆莱特从五岁时就显得忧郁、古怪,葛特露感受到的不是母子之情的温暖与慰藉,而是变本加厉的生疏、前所未有的挫败。儿子沉醉于自己的内心世界,丈夫沉醉于王国权力,葛特露备感忧伤孤独,觉得自己的生活"是一条石头铺就的通道,通道的两边有许多窗户,但却没有一扇可以通出去的门",而她的丈夫和儿子就是"看守在通道两边的两个蛮横的卫兵,在通道的尽头,等候她的则是无法逃脱的死神"(厄普代克:《葛特露和克劳狄斯》)。而她的处境与其他女性一样处于男性主宰的社会——"我所信仰的,正是地位在我之上的男人要求我去信仰的。背弃了他们的信条,社会就不会为女人提供安全保障"。在这种环境下,她心如死灰,犹如落在陷阱里的困兽。

克劳狄斯的出现表面上看是激发了她久久蛰伏的情欲和情感,实际上更重要的是使她重新发现了自己的价值,她说:"我的父亲和未来的丈夫将我待价而沽。而你让我重新找回了我的内在价值,那个时隔多年后才被你宠爱的小女孩的价值。"在以葛特露视角叙述的故事里,克劳狄斯绝不是如老哈姆莱特所说的阴险狡诈、欺骗感情,而是用真正的爱情得到葛特露的心灵和身体,带给她幸福与快乐。葛特露所描述的克劳狄斯,是一个善于创造、热情洋溢的情人。他用日益显露的个人才能吸引着葛特露。他唤醒了葛特露的肉体和被压制的欲望:成为自己而不是被设计好的女儿、母亲或妻子角色。克劳狄斯回应了她内心的

渴盼——"我从来没有为我自己生活过……我最早是我父亲的女儿,后来成了一个狂暴的丈夫的妻子,最后做了一个隔膜的儿子的母亲。告诉我,什么时候我才能为我心中的那个我活一次,那个我一刻不停地听到精神的呼唤……"老哈姆莱特是父亲替她选的男人,而克劳狄斯才是她替自己选的男人。她以自主选择男人的方式解放自我,发现自我的价值。

在葛特露叙述的故事中,她揭下了老哈姆莱特的画皮:"你是一个老练的掳掠者,领着手下的一群暴徒,兴高采烈地屠杀几乎手无寸铁的渔夫,还有除了祷告以外,完全衣不蔽体的僧侣……我感觉出你举止中的刚愎和冷酷。"克劳狄斯也斥责老哈姆莱特:"我没有你那么残忍……在智慧和勇气方面,我藐视你不及我的一点皮毛。"莎士比亚笔下重情重义、雄才大略而不幸被谋害的老国王经过葛特露的重新叙述,变成了刚愎自用、诡计多端、残忍无情的武夫,醉心权力的国王,不解风情的丈夫。莎士比亚笔下的小哈姆莱特具有"朝臣的眼睛、学者的口舌、战士的利剑",是"国家所瞩望的一朵娇花;时流的明镜、人伦的雅范、举世瞩目的中心",而在葛特露伤心欲绝的诉说中,哈姆莱特却是那么骄傲冷酷、不近人情、反复无常而毫无作为,沉溺于他内心世界之中。

厄普代克让葛特露叙述《哈姆莱特》的前传故事,彻底颠覆了文艺复兴时代以来长期占据主流的女性观、善恶观和历史观。女性完全被男性评说的场景消失了,得以袒露心理世界,讲述政治舞台背后的男女私情与日常生活,在宏大叙事之外讲述私人生活,抒发真实情感,博得读者的同情与理解乃至欣赏。在厄普代克重新理解和建构的"历史语境"中,国家和宫廷、议政和战事等宏大景观退居二线,家庭和婚姻以及一个女人的情感占据着故事的中心。通过重现被遮蔽的"幕后故事",厄普代克把高贵的英雄故事转变为本真的人性展示,暗影中的女子终于得以坦然立于朗朗阳光之中。

参考文献

[1] 杨武能.《威廉·迈斯特的学习时代》:逃避庸俗[J].外国文学研究,1999(2).

[2] 李银河.女性主义[M].济南:山东人民出版社,2005.

[3] 王珏.中产阶级的新绅士理想与道德改良——论18、19世纪英国小说中绅士人物形象的嬗变及其成因[J].英美文学研究论丛,2008(1).

[4] 宋德发.古老故事的重新讲述——《葛特露和克劳狄斯》的叙事策略与伦理意涵[J].国外文学,2008(2).

[5] 黄梅.《爱玛》中的长者[J].外国文学评论,2008(4).

[6] 路琪,刘须明.超越性别特征 在混乱与秩序间行走——论《奥兰多》中的性别特征及其哲学内涵[J].南京理工大学学报(社会科学版),2008(4).

[7] 朱迪斯·巴特勒.性别麻烦:女性主义与身份的颠覆[M].上海:上海三联书店,2009.

[8] 唐小兵.跟着文本漫游——重读《十八岁出门远行》[J].文艺争鸣,2010(17).

[9] 黄平.从"劳动"到"奋斗":"励志型"读法、改革

文学与《平凡的世界》[J]. 文艺争鸣,2010(5).

[10] 沈宏芬.欧洲经典成长小说的"启蒙辩证法"——以《威廉·麦(迈)斯特》为例[J].世界文学评论,2011(1).

[11] 杨宇.女人建构的低俗艺术:《珀涅罗珀记》对神话的回击[J].国外文学,2012(1).

[12] 谷裕.从市民家庭到公共生活——解读歌德的《威廉·迈斯特的学习时代》[J].同济大学学报(社会科学版),2012(4).

[13] 郭晓.城市化:《平凡的世界》中孙少平的命运密码[J].湖南工业大学学报(社会科学版),2013(3).

[14] 金理."自我"诞生的寓言——重读《十八岁出门远行》[J].文艺争鸣,2013(9).

[15] 杜晓杰.文体权力谱系与霸王别姬叙事流变[J].文艺评论,2014(6).

[16] 黄梅.推敲"自我":小说在18世纪的英国[M].北京:生活·读书·新知三联书店,2015.

[17] 傅小英.阿特伍德重述经典研究[D].南京:南京师范大学,2017.

[18] 阎真.路遥的影响力是从哪里来的?——从《平凡的世界》看写与读的关系[J].文学评论,2018(3).

后　记

　　古往今来,从美人英雄到贵妇骑士,从淑女绅士到才子佳人,人们对女人与男人性别气质形象的期待和想象受到文化传承及积淀的深刻影响,越是信息闭塞的时代,这种期待和想象越受制于前代文化累积,比较固定。十七世纪以来的欧洲随着资本主义的发展和教育制度的兴起,对人的培养和完善提出了新的要求和理念,也带动了对绅士淑女的性别气质的培养。到二十世纪,信息越来越开放,文化交流越来越频繁和丰富,人们对性别气质形象的理解和想象也越来越开放与多元化,性别气质形象也变得越来越不稳定。在文学文艺作品中,频频出现对性别的跨界书写,以及对经典作品的性别化重写,打破已往固化的性别界限,似乎已经是新时代性别问题和性别理论的趋势。这背后,实际上反映着近现代以来以"人的成长"为核心的性别成长观念的变化,性别问题与教育和国家民族文化塑形问题之间的紧密纽带已经越来越松弛,性别气质形象正在越来越回归到个人的个性化选择层面。

　　性别气质形象总是在时代社会变迁中发生着

变化,时代变迁速度越快,性别气质形象的变化也越快,代际更迭也越频繁。这也是今天不论文化时尚潮流,还是文学艺术作品,以及大众传媒产品中的性别气质形象,都变得更加变动不居、丰富多元,甚而颇多"混搭风"的原因。而这种打破固化界限的跨界思维和行动的确正在成为二十世纪以来的新现象。AI 时代,未来倏忽至眼前,性别气质形象以及其在中外文学中的表现又将会如何呢?让我们拭目以待!